LA PEUR DU LENDEMAIN *suivi de* NORMALEMENT,

CHRISTINE ANGOT

La Peur du lendemain

suivi de

Normalement,

STOCK

À ma belle Léonore.

La peur du lendemain

On m'a demandé : est-ce que tu as l'impression que tu te connais bien. Je ne cherche pas à me connaître, et je ne vois pas l'importance. Ce que je connais bien en revanche, c'est le fonctionnement de la violence. Ça oui j'ai l'impression que je le connais très bien. Pas parfaitement bien, parce que j'en apprends tous les jours. Je fais tous les jours, j'ai l'impression, de nouvelles découvertes, chaque jour j'ai de nouvelles confirmations. Je n'ai pas le temps de chercher à me connaître, ni de savoir si je me connais bien en interne. Le fonctionnement de la violence, ça oui, je le connais bien, et ma position dedans, ça oui je la connais bien, la place que j'y occupe bien particulière. Ça ne me laisse pas le temps de réfléchir au reste. Je m'interroge tous les jours car je suis en danger. C'est important d'observer chaque détail. Surtout qu'ils trouvent toujours un truc inattendu pour vous avoir. Ou alors si ce n'est pas inattendu, c'est moi qui ai relâché mon attention, quelques secondes ou un jour je ne me suis pas méfiée. Le premier venu sera à même de dire : paranoïa. Mais oui, oui, bien sûr. Et comme dit Léonore : mais bien sûr, mais bien sûr, et la marmotte qui met le chocolat... dans le papier d'alu. C'est leur expression à l'école pour dire : en tout cas, nous, on ne te croit pas. Le premier venu on ne le croira pas, on ne l'écoutera pas, car sur le fonctionnement de la violence j'en connais un petit peu plus que lui. Et savoir si je suis paranoïaque ou pas, je suis tellement intéressée par le fonctionnement de la violence que ça ne me préoccupe pas. Je ne suis pas intéressée comme par une étude abstraite. Je suis intéressée pour sauver ma peau, ensuite pour faire profiter les autres de ce que je connais si bien, comment ça fonctionne, et mon avis sur la question, un avis de l'intérieur, de quelqu'un qui a peur au ventre, un avis de quelqu'un qui tremble, encore hier. L'avis de quelqu'un qui a peur d'être tué. Et qui voit très bien l'appétit, la voracité, même de quelqu'un que je rencontre dans un café.

J'en ai bien conscience, ce n'est pas le sujet idéal pour l'été. Le livre d'Emmanuel Carrère était sorti au cœur de l'hiver. Je le comprends bien. Mais moi j'écris, en ce moment, au cœur de l'hiver.

Je ne me connais pas bien, je suis happée par les lames que je vois sortir des couteaux, les yeux des gens. J'explique. Je m'explique. J'y vais. Je dis. Je parle de ce que je connais. Non pas moi, non, je ne suis pas le nouveau Rousseau. Connais-toi toi-même et je veux faire cette œuvre de parler de moi, qui n'eut jamais d'exemple. Non. Je veux plutôt décrire, et en même temps ça m'aide à réfléchir à de nouvelles méthodes de protection, pour moi-même, ma peau, la sauver, en même temps que j'écris cette nouvelle, je réfléchis à sauver ma peau même si c'est l'été.

Comment expliquer ? Comment dire ? Comment vous dire ?

Je dis souvent, j'ai peur que ça s'arrête ;

tout, un amour, une amitié, un été, à plus forte raison l'écriture, de ne plus jamais rien retrouver. J'ai peur que ça s'arrête, résumons tout par cette phrase. Peur que ça s'arrête. J'ai écrit un texte où il y a écrit plusieurs fois « arrêtez, arrêtons, arrête » pourtant. Oui, mais justement. Arrêtez, arrêtons, arrête, qu'ils arrêtent. Tellement j'ai peur. Alors, allons directement au cœur du sujet, difficile à amener l'été, allons-y, disons-le : j'ai peur d'être tuée. J'ai peur d'être tuée. C'est ça, mon problème, j'ai peur d'être tuée. On pourrait me deman-der : savez-vous si cette peur est antérieure à l'inceste ? Et là, je peux répondre : oui, elle est antérieure. Là, le schmilblick avance. Qui aurait pu le penser ? Qu'une telle peur était antérieure à l'inceste, alors que l'enfance était si tranquille. Bonbons Kréma, jardin public, école Jeanne-de-France puis Sainte-Solange, rue de l'Indre. Mais je l'avais dit déjà, bonbons Kréma mais aussi autre chose. La peur d'être tuée. Et quand j'ai rencontré mon père, j'ai été en fait soulagée. Je viens de dire tout ça en vrac, ça doit vous paraître abracadabrant. Mais ça ne l'est pas du tout. J'explique du mieux que je peux. Je prends des chemins qui au départ ne paraissent pas logiques. Mais je me comprends. Je ne me connais pas mais je me comprends. Je commence comme ça :

Prenons la fierté. Je n'aime pas la fierté. Pourquoi ? Parce qu'elle est toujours associée à la pauvreté et à la honte, quelle qu'elle soit. Je n'aime pas la pauvreté, je n'aime que la richesse, donc je n'aime pas la fierté. La honte, la pauvreté, la faiblesse, la médiocrité. Pourquoi je n'aime pas ? Parce que ceux qui en sont frappés se regroupent. Ça forme un groupe. Ils se regroupent pour être plus forts, conscients de leurs défaillances. Ils ne sont pas idiots, dans des familles, des groupes, des pays. Des communautés dont peu importe le comme. Et il y a une morale. Tous unis, motivés, motivés. Claude adore cette chanson « Motivés, motivés ». Il a le disque. Il l'a acheté. Léonore était sur ses épaules dans la manif, elle la connaît, elle la chante. Je ne dis rien mais je ne fais pas chorus, je dis « oui, c'était la chanson de la manif ». Il y a une morale et un langage, souhaitable, bonjour, au revoir, merci, et bonne année. Bonnes vacances, bonne rentrée, bonne chance, bonne santé, bon courage. J'ai pris quatre kilos. J'ai arrêté de fumer. On compense. Ils y passent des soirées entières, à discuter de ça, et aussi leur intimité, en petits groupes de confiance. Les petits se regroupent, et pourquoi se regroupent-ils? Pour tuer un gros. Pour tuer un intelligent, pour tuer un sensible. En tuer un qui a le petit plus. Ils se regroupent pour tuer. Si tous les gars du monde se donnaient la main... mais ce serait l'horreur. Est-ce que vous pouvez imaginer l'horreur que ce serait si tous les gars du monde se donnaient la main? Ce serait affreux si tous les gars du monde se donnaient la main. Affreux, horrible. Pour Noël, pourquoi les familles se regroupent, pour tuer le Christ bien sûr. Le Christ vient à peine de naître, et les familles se regroupent déjà en prévision de vendredi saint, pour le tuer. Pour la résurrection à Pâques, les familles se regroupent beaucoup moins, certaines sont encore attachées au regroupement de Pâques, mais pour la plupart on n'est pas forcé d'être ensemble à Pâques. Pourquoi? Parce qu'elles ont compris pour la plupart, avec la résurrection, que ce n'était pas la peine de faire une nouvelle réunion. Alors que là, pour Noël, il y a une espèce de joie macabre, qui précède le macabre, on anticipe avec la dinde. La dinde est un gros poulet, c'est la taille d'un bébé. Et les autres enfants sont couverts de cadeaux, pour faire passer la mauvaise intention en train de sourdre, et monter de plus en plus avec les cadeaux, les lumières, les guirlandes, les fils électriques plein la ville, les arbres déracinés.

Donc, oui, j'ai peur. Et cette peur est bien antérieure à l'inceste. J'ai peur d'être tuée. Depuis longtemps. Je suis dans un restaurant, c'est très rare que nous allions au restaurant, avec cette famille. Je ne dirai jamais ma famille. Pourquoi ne pas m'inscrire à un parti politique tant que j'y suis, pourquoi ne pas m'inscrire au Front national tant que j'y suis, non, je ne m'inscris pas non plus dans une famille, il faut être un peu cohérent. Je suis au restaurant, j'ai dans les 9, 10, 11, peut-être 12, peut-être 8 ans, je ne sais pas exactement. Je ne me connais pas bien, je ne connais pas bien mon histoire. Ce que je connais bien c'est le processus de la violence. Ce que je connais bien c'est les yeux des gens avides. Ce que je connais bien, c'est leur union, tous ensemble, motivés, motivés, ce n'est pas la bûche, c'est le bûcher. Pourquoi une bûche de Noël, pourquoi Noël se fête-t-il avec une bûche qu'on mange? Parce que si tous les gars du monde apportent leur bûche ça fera un magnifique bûcher. Bref. Je suis au restaurant. Il y a ma mère, mon oncle, ma tante, les enfants, mes cousines. Tout le monde commande. Et moi je demande quelque chose de différent. Tête de ma tante. Réflexion de ma tante. Ce n'est pourtant pas si grave de commander quelque chose de différent. Mais c'est trop, que moi qui suis une enfant, je me permette de demander quelque chose de différent. C'est trop pour cette famille. Imaginez si tout le monde faisait comme vous. Vous imaginez? Les serveurs deviendraient fous, ce serait peut-être pas plus mal que les serveurs deviennent fous, parce que c'est horrible de servir. Si tous les gars du monde se donnaient la main et commandaient tous la même chose à table, les serveurs n'auraient plus besoin de papier et de crayon, ça serait formidable. Tout dans la tête, la bûche et la dinde. Aux marrons, étouffe-chrétien, parce que ça ne suffit pas de tuer le Christ, il faut tuer les chrétiens aussi. Je reviens à mon point de départ. Cette peur est antérieure à l'inceste. Bien antérieure.

Avant l'inceste, il y a des petits dans une petite ville, tous unis dans des familles, et tous motivés, et j'ai peur d'être tuée. Et quand on regarde bien, j'ai raison. Quand on regarde bien ce qui s'est passé avec le recul. Mon père, quelle importance, mon père ? Aucune. Liquidé. Et les petits innocentés. Mort le 2 novembre 99, ayant perdu la tête. Quel bonheur, quelle revanche pour les petites têtes. L'homme extrêmement intelligent dans mon souvenir qu'était mon père a perdu la tête. Alors finalement quand je l'ai rencontré en 72, évidemment que la peur d'être tuée était antérieure. Bien, bien, bien antérieure. Quand je l'ai rencontré, ç'a été un soulagement au contraire. Incroyable, quelle merveille, il y en a un autre. Un autre. Un autre qui ne commande pas la même chose que les autres à table. Il y en a un autre. Ouf, il y en avait un autre.

J'ai peur d'être tuée par un conglomérat de Nadine, de Sylvie, et de secrétaires. D'hommes aussi bien sûr. L'union fait la force. Dans la ville de Châteauroux, quand j'étais petite fille, j'avais l'impression d'être la seule à commander des choses différentes au restaurant. Et l'impression que ça agaçait fortement, ou alors on ne le remarquait pas, c'était mieux pour l'enfant. Et pour l'adulte plus tard. Il n'y a pas de différence, ou cette différence est comme tout le monde, tout le monde est différent. On ne me dit pas bonjour, ou alors on me dit bonjour normalement, ça ne va pas. Je risque d'être tuée, on ne dit pas bonjour normalement à quelqu'un qui s'en va au bûcher. On ne dit pas bonjour normalement à quelqu'un qui va être le matin même décapité, demander la grâce c'est la seule solution. Soit on va demander au tueur la grâce, parce qu'on commence à voir le fonctionnement de la violence sur cette personne, moi. Soit on est idiot, soit on est un assassin en puissance. Si on ne remarque pas la différence, si on ne la marque pas, et si on la protège pas. Il faut toujours qu'elle se fasse remarquer, ou alors on ne le remarque pas. Et c'était considéré comme ça va lui passer. C'est considéré. Être différente ça va lui passer. Je comprends mieux, maintenant, pourquoi ça m'avait tellement émue dans le 5e à L'Arbre à Lettres quand cet homme atteint d'une maladie grave était venu me voir en me disant : culture de la différence. Assis, puis il s'est levé difficilement, « moi je la maquille en rouge », il avait des lunettes et une canne rouge. Et pas du tout la même culture que : tolérance. Tolérance je déteste. Je déteste tolérance comme fierté. Tolérance, ça veut dire, problème, j'ai vu. Et j'accepte. Et venez donc dîner, devine qui vient dîner ce soir. On ne veut pas être accepté. On n'a rien demandé. Ne nous invitez pas à dîner, surtout pas, surtout pas à dîner. J'y reviendrai, il m'est arrivé quelque chose avant-hier. Avant je continue. On ne va pas nous-mêmes demander grâce, vous ne la voyez pas sur nos visages. Cette grâce, qui fait de nous de la chair désignée, qui met en appétit les criminels de tous les pays, unissez-vous. Arrêtez, arrêtons, arrête. On veut continuer d'être refusé, mais on ne veut pas être tué. Si ce n'est pas trop demander. Je ne demande pas grâce, je vous demande de reconnaître votre instinct meurtrier. C'est dans l'autre sens ce que je demande. Reconnaissez-le, ne dites pas « c'est vous qui m'avez énervé », ne dites pas « c'est vous qui m'avez poussé à bout ». Reconnaissez-le votre instinct meurtrier. Pourquoi ça vous plaît tant sinon *Le Voyage de Felicia* ? Pourquoi vous vous identifiez à Bob Hoskins dans ce film ? Et dans *L'Adversaire* à Jean-Claude Romand ? Je ne m'identifie à personne, moi dans ce livre, il n'y a pas un personnage qui me ressemble, pas non plus Carrère. Si je dois vraiment m'identifier à quelqu'un, ce serait au chien. Mais je saurai me défendre. Un chien n'a pas accès au symbolique comme dirait Marie-Christine. Il reçoit le coup de fusil, il tombe, alors que moi, en écrivant, même là maintenant, j'essaie d'inverser le processus de la violence. Il n'a pas accès au symbolique, le chien, d'accord, mais son innocence est tellement évidente, l'injustice de le tuer crève tellement les yeux, que, bien sûr, c'est lui qui perturbe le plus les meurtriers en puissance. On m'a demandé dans un débat : qu'avez-vous contre les chiens ? De ne pas avoir accès au symbolique, j'aurais dû répondre ça. Souvent je trouve la réponse après des mois.

Une autre question. J'y réfléchissais. Pourquoi être toujours en train d'inverser les plats ? De ne pas commander la même chose. De faire des modifications de carte. J'ai réfléchi : pour éviter le poison. La peur d'être tuée implique celle d'être empoisonnée. On pourra me dire paranoïa, on pourra me dire fantasme. Je ne rêve pas, quand j'arrive mercredi au Vert Anglais. Je ne sais pas par quel hasard j'ai accepté le rendez-vous. Un sociologue voulait que j'aille dîner chez lui, j'ai circonscrit au café. Un rendez-vous à quatre heures et demie, à moins dix j'étais partie, confirmant ma réputation de foldingue, qui tout d'un coup on ne sait pas pourquoi, sur un coup de tête, prend ses affaires et s'en va, au milieu d'une conversation qui commençait bien, tu la vois partir, tu ne comprends pas pourquoi, elle s'en va. Tu la vois ne pas sourire, tu ne comprends pas pourquoi, et elle s'en va. Elle a le corps tout raide et elle part. Et toi, tu restes là comme un con. Je t'assure, ça fait bizarre, elle l'est. Ce n'est pas qu'elle soit bizarre. Elle a peur, elle est vissée sur le siège, elle attend une heure correcte pour partir, chaque parole qu'elle dit, elle essaye d'en dire, la rend dingue de trouille, elle se dit je m'ennuie, elle dit je veux partir, elle se demande combien de questions encore il va lui poser, et combien de fois elle va être obligée d'entendre encore comme c'est compliqué d'organiser un salon du livre, mais qu'elle connaît la musique, ce n'est pas à elle qu'il va l'apprendre, il aime bien mais c'est dur, et il remet ça sur le dîner pour une prochaine fois, il viendra la chercher, en scooter, c'est sympa, il trouve que c'est sympa de dîner à la maison. Lui il trouve, il dit « enfin moi je trouve » vu le peu d'écho. Il me veut. Au milieu de sa famille, dans sa maison, sa bouffe à eux dans ma bouche, puis dans mon tube digestif, puis dans mes intestins, mon estomac, un maximum d'organes, mon sang, et les déchets comme ça on aura les mêmes. Je voudrais que vous voyiez les yeux de ces gens excités.

24

Laurent Héron veut écrire ma biographie sur le modèle Duras-Andrea. Manger ma vie, lui carrément, dans sa grosse écriture ronde. Mais là, tout ça ce sont des détails normaux. Comme dirait Mathilde Seigner : quand on s'expose, il y a des conséquences, faut pas non plus faire l'innocente. Et comme dirait Frédéric : le bon sens près de chez vous. Et comme dirait Nicole : bonjour, au revoir, merci, et bonne année.

J'ai pris conscience que j'avais peur d'être tuée et que cette peur était antérieure à l'inceste, pris conscience, c'est-à-dire formulé, il y a une dizaine de jours, peut-être moins. J'en ai pris conscience un mercredi, le mercredi 13. 13 janvier nous sommes au cœur de l'hiver. J'en ai pris conscience vers quatorze heures trente, quinze heures. Et j'avais rendez-vous à seize heures trente avec le sociologue, prof à l'école d'architecture. J'avais cédé, je me disais : il faut bien quand même que je connaisse quelques nouvelles têtes à Montpellier, quelques nouvelles perspectives, même de travail. Ou même comme ça. Après avoir pris conscience que j'étais la cible, une des cibles, il y en a quelques-unes, j'en suis une. J'avais envie de rentrer chez moi, me protéger bien tranquille, et mettre sur moi le plaid que m'a offert ma mère pour Noël. Léonore m'a dit hier : est-ce que tu peux me promettre qu'un jour j'aurai quelque chose en cachemire ? Je suis passée à la librairie voir s'il y avait du courrier, il y avait une lettre dégueulasse. Ils aiment ça savoir le genre de lettres dégueulasses que je reçois, ça leur fait des yeux pointus quand ils veulent savoir, ça fait partie. Ah bon ? Mais qui vous disent quoi ? Quand ce n'est pas : Ah bon ? Mais qui te disent quoi ? J'aurais été incapable de passer voir Marie-Christine pour lui dire juste bonjour, après avoir pris conscience que j'étais la cible. Mais bien sûr, mais bien sûr, et la marmotte qui met le chocolat dans le papier d'alu... Mais bien sûr, mais bien sûr. Pour entendre ça, j'en étais incapable. Donc j'y vais, au rendez-vous. Et très vite, ce sociologue, dès qu'il arrive, je m'identifie à l'animal traqué. Et je me sauve avant qu'il ne soit trop tard, j'ai perdu trop de terrain, je me dépêche. Et puis le soir vient, je suis chez moi, Léonore est là, je reçois un ou deux petits coups de fil calmes. Ça va. Je m'endors. Je dors mal : je suis inquiète. Le lendemain, j'ai rendez-vous avec Marie-Christine, je suis inquiète. Et puis finalement je décide de lui dire, tout. La peur, antérieure. Les petits. Si tous les gars du monde. J'ai peur d'être tuée. Cette peur est antérieure à l'inceste. Depuis toujours, parce que j'ai très vite repéré les instincts meurtriers. Et l'écriture, c'est le seul moyen que j'ai trouvé, en expliquant aux gens, de me protéger. La conversation est aride, mais il faut avancer. Alors je lui dis. Je lui explique tout. J'ai peur que ça s'arrête, j'ai peur d'être tuée, si tous les gars du monde se donnaient la main, ce serait l'horreur. Je craignais qu'il n'y ait pas de réponse mais un commentaire comme : intéressant, ou fantasmatique, mais bien sûr, mais bien sûr, ou éventuellement des conseils, les conseilleurs ne sont pas la cible. Et là, quand j'ai eu fini. Voilà ce qu'elle me dit : C'est incroyable. Parce que moi, mardi, j'ai pris conscience de l'instinct meurtrier qu'il y a toujours eu dans ma famille. Et donc à chaque génération, il fallait un médecin comme garantie pour qu'il n'y ait pas de meurtre. De père en fils il y en avait toujours eu. Elle n'avait pas envie de faire médecine, elle a dû faire médecine. Il y avait un instinct meurtrier dans la famille, depuis des générations, elle ne pouvait pas faire psycho, ou philo, ou géo. Non, médecine. Moi, la peur d'être tuée, elle, l'instinct meurtrier, on était sur l'os. Tout le monde positionné.

Maintenant, deuxième étape. L'amour. Je prépare avec Lætitia Masson un film sur l'érotisme. Je dois écrire un texte, et elle, elle va filmer. C'est un petit film, c'est un petit court métrage, entre cinq et huit minutes. Houellebecq en fait un, Despentes, Ravalec, et celle du *Boucher*. Le boucher l'excitait si je me rappelle bien, excitait sa narratrice. Ils sont tous voraces. Chaque écrivain filme lui-même, sauf moi qui ai demandé à Lætitia. Je n'ai pas besoin d'être seule. J'ai besoin d'écrire et j'ai besoin que Lætitia filme. On discute, on parle, on parle, on parle. Pendant des mois je n'ai pas su ce que j'allais faire. L'érotisme? J'ai fini par trouver. Ça ne va pas être compliqué. Parce que, de toute façon, ce que je trouve érotique, il n'y a rien. Je ne trouve rien érotique. Je réfléchissais à tout ça, et puis j'avais entendu à La Colline un texte de Péguy, Mme Gervaise dit à Jeanne : « Tu te mens, tu ne les aimes pas. » C'est Nada Strancar qui joue Mme Gervaise. Notamment tout le long passage sur Marie en train de regarder son fils crucifié. La mise en scène était faite de telle façon, que le Golgotha c'était l'emplacement de l'écran où apparaissaient à l'entracte des textes, des titres de scène. La croix comme étant peut-être la première lettre, le X comme étant peut-être la possibilité d'enfin descendre de la croix, en trouvant quelque chose par terre avec la main droite, une brindille, un brin de ferraille, pour couper le lien et s'appuyer au sol, et ainsi rester en vie pour pouvoir raconter comment c'est, comment ça se passe. C'est une parenthèse. Mais entre, d'un côté, l'instinct meurtrier et la peur d'être tuée, et, de l'autre, l'amour, essentiel. Il y avait un instinct meurtrier dans sa famille, depuis des générations. Moi, la peur d'être tuée, elle, l'instinct meurtrier, on était sur la corde raide, le pivot, l'amour et la haine. C'est bien d'être pile là-dessus, d'en parler. On discute avec Lætitia : mais pourquoi est-ce qu'on a tellement besoin d'amour ? Première question. Deuxième question : mais pourquoi est-ce qu'on n'est pas capable d'aller dans une fête et de trouver quelqu'un comme ça là tout de suite. Alors je réfléchis. Tout d'un coup, je dis : de toute façon rien n'est érotique. Qu'est-ce que tu en dis que je fasse le texte là-dessus. Tu vois, par exemple : rien n'est érotique, une femme qui fume ce n'est pas érotique, un homme qui fume ce n'est pas érotique, un homme qui te passe la main dans les cheveux ce n'est pas érotique, une main sur la jambe pas plus, une jupe qui se soulève pas plus, un portable qui sonne pas plus, un homme qui emmène son enfant à l'école ce n'est pas érotique non plus. Il n'y a qu'une chose qui soit érotique, c'est le mensonge, est-ce que tu es d'accord, elle me dit oui. Elle me dit : moi ça me va très bien si tu fais ça. Je rentre à Montpellier, je réfléchis encore. Je pousse un peu plus loin, je pense à Péguy, et puis tout à coup je me dis : tu n'aimes pas, tu n'as jamais aimé, tu ne sais pas ce que c'est que l'amour. C'est pour ça que tu en as tellement besoin, il faut que tu aies quelqu'un qui t'aime sinon de ta vie, tu passerais ta vie sans savoir ce que c'est que l'amour. Or pourquoi écrire si ce n'est au nom de l'amour. Or tu ne sais pas ce que c'est. Tu ne l'as jamais su. Vouloir quelqu'un tu ne sais pas ce que c'est. Toi, vouloir quelqu'un tu ne sais pas ce que c'est, de toi-même en premier. Tu es un petit lapin, il y a des chasseurs et des lapins tu es un petit lapin. Et surtout tu ne sais pas ce que c'est que l'amour. Aimer tu ne sais pas ce que c'est. La seule chose que tu sais c'est écrire. Pourquoi écrire si ce n'est pas au nom de l'amour. J'ai besoin de l'amour. J'ai besoin de voir quelqu'un de près pris par l'amour, quelqu'un de près mû par l'amour, heureusement encore que j'inspire l'amour. Que ça m'est arrivé dans ma vie d'inspirer l'amour. Mais vraiment l'amour. Heureusement encore. Sinon je ne saurais toujours pas ce que c'est que l'amour. Je sais, je le vois, je le vois, c'est beau, et j'aime passionnément celui que je vois aimer parce que c'est si beau, si beau, si mystérieux. Alors ne pars pas, par pitié ne pars pas, mon objet précieux, mon amour. Tu me retires tout si tu t'en vas. Ne pars pas mon petit objet précieux, je t'en prie. C'est si beau, si beau, si beau. Moi qui ne savais pas ce que c'était tu m'apportes un si joli cadeau. Mon amour. C'est si beau, tu m'apportes un si joli cadeau.

En discutant avec Lætitia, elle m'a dit : mais oui, tu as raison, ça ne peut être que ça, ça explique tout. Ça explique enfin, enfin, pourquoi on n'arrive pas à répondre à ce que c'est que le désir. Comment ça fonctionne, c'est quoi, comment on le garde. Elle en parle toujours avec beaucoup d'angoisse, ça la rend folle. Elle voudrait vraiment trouver la réponse, elle me pose des questions. Houellebecq paraît-il va filmer les filles sur la plage pour son film, le même court métrage que nous. Lætitia : sous les jupes des filles. Puis : s'il suffisait de soulever sa jupe tu vois. Non, tout ça ce n'est pas érotique, mais quelqu'un qui m'aime, devant moi, on était partis faire une balade en vélo, Léonore y était aussi, qui est en train de faire du vélo c'est tout, ça peut être érotique, ça peut l'être. Je ne sais pas, qu'est-ce que ça veut dire érotique. Ça peut faire plaisir de voir quelqu'un qui fait du vélo devant soi et de se dire « on est bien ». De se dire que si des moments comme ça s'éternisaient ça serait le bonheur ça peut être érotique. Toujours sans savoir ce que ça veut dire érotique. Un téléphone portable qui sonne dans un sac, ce n'est pas érotique. On m'a demandé si j'avais un sac à main quand j'ai dit que je venais d'acheter un portable, et on m'a dit que c'était érotique un téléphone qui sonne dans le sac d'une femme. La femme prend son temps alors que l'homme se précipite. M'a dit celui qui l'avait remarqué.

J'ai démarré sur le fonctionnement de la violence, j'arrive à l'amour parce que mon sujet c'est l'amour, ce que je connais c'est le fonctionnement de la violence, je n'y peux rien. Je ne me connais pas moi-même, mais je connais le fonctionnement de la violence. Je ne connais pas l'amour, mais c'est mon sujet, mon sujet de prédilection. Pas la violence, la violence je suis dedans, tellement. Le fait d'écrire, le fait que ma main écrive, c'est déjà une main menacée de mort qui écrit, menacée de mort violente, convoitée, qui écrit, la viande même en train d'écrire, les mots tracés, déjà ça en soi-même, c'est déjà de la pâture, dont je ne suis pas du tout responsable, que je ne recherche pas du tout, ça se fait automatiquement dès que c'est ma main qui écrit. Dès qu'on voit ma photo, ça se fait automatiquement que je suis une cible, que je suis un petit lapin. Que l'on prend à tort parfois pour un vampire, dévoreuse, alors que je suis une proie avec stratégie défensive. Il faut bien. N'importe quel lapin trouve un terrier à un moment pour se cacher. Mon terrier à moi, j'essaye, c'est l'enclave d'écriture, j'essaye. Ça attise aussi, c'est pervers. Ça donne envie encore plus à certains de me manger. Dans *Le Voyage de Felicia*, que fait Bob Hoskins, manger, ce n'est pas un hasard. La famille Seigner, pourquoi la famille Seigner s'appelle la famille Seigner, pourquoi la dernière sortie, Mathilde, a les joues si rondes ? Pourquoi est-elle si sympathique à tout le monde ? Sauf à moi, les gens nature, qui suivent leur nature je n'aime pas ça, les gens sincères, les gens :

merci pour votre sincérité Mathilde Seigner. Je ne veux même pas en parler. Tout ce que je peux dire, vous trouverez peut-être ça fou, c'est que cette fille, ce genre de famille, est une vraie menace pour moi. Une vraie menace, ce genre de personne. Issue de plusieurs Seigner, qui se sont donné la main, à travers les générations, et regardez, on est tous doués. Je détesterais porter un tel nom, et pourquoi pas seigneur, et pourquoi pas souriez, et pourquoi pas applaudissez. De rien. Merci. Mon brave. Prenons un exemple, Mathilde Seigner, est-ce que cette actrice est érotique ? Si elle a un téléphone portable dans son sac, qui sonne, qu'elle prend son temps, qu'elle a un col roulé sombre qui met en valeur la fraîcheur de son visage, est-ce érotique ? Voilà, mystère de l'amour, et non pas vertige. Certainement pas vertige, alors là, certainement pas. Vertige : certainement pas. Mystère alors là oui, mystère et boule de gomme. En vélo devant vous, tout simple, la vision du dos, l'odeur des cheveux, mystère ou vertige, voilà, là est la question. En ce moment je serais tentée de dire, vertige, pour combien de temps, mystère. Vertige quand une odeur de cheveux suffit. On s'est serrés à trois, on a fait en se séparant, avant de se séparer, comme une petite ronde très serrée, et : on s'aime. Rentrer chez soi après ça, mystère, pourquoi rentrer chez soi. Une petite ronde très serrée ce n'est pas érotique, et mon sujet c'est l'amour. J'entends régulièrement dire : ça suffit avec l'inceste, il faut qu'elle arrête, eh bien j'arrête. De toute façon mon sujet c'est l'amour et ça l'a toujours été. Toujours. Regarder, regarder ce que c'est, observer bien, et vertige chaque fois. Tu es mon petit trésor précieux, ne pars pas. Si tu pars tout sera bien plane petit trésor précieux. Si tu pars petit trésor précieux, il n'y aura plus que le fonctionnement de la violence, il n'y aura plus que ma main. Et c'est tout. On a cru un temps que mon sujet c'était l'inceste parce qu'on a dû être aveuglé par la main en train d'écrire, la chair, c'est normal, on a dû être captivé. Je connais tellement bien le fonctionnement de la violence, je connais tellement bien ma place dedans, que je parle souvent des instincts meurtriers des gens, car mon sujet l'amour est brouillé en même temps que je suis visée. Confus, difficile à démêler, quasiment impossible à isoler. Mon sujet, je n'en parle jamais. Je ne saurais pas, je ne connais pas le fonctionnement de l'amour. Je connais bien le fonctionnement de la violence, je ne me connais pas moi-même, et je ne connais pas le fonctionnement de l'amour, et je ne connais pas l'amour. Je ne connais pas. Même si j'ai des trésors précieux, que j'ai peur qu'on m'arrache. Parce que si on me les arrache, je ne connaîtrai plus que le fonctionnement de l'horreur. Donc j'ai peur que l'amour s'en aille. Pour ne plus revenir j'en ai peur. La peur d'être tuée. La peur que l'amour s'en aille. La peur quand il est parti qu'il ne revienne pas. La peur de ne pas le ressentir. Ne plus le ressentir. La peur de ne plus ressentir.

Houellebecq, les plages, sous les jupes des filles, est-ce érotique ? Despentes, Coralie, X, est-ce érotique ? Je ne connais pas. Ce qui est érotique, je ne sais pas. Ce que je trouve érotique, il y a éventuellement une phrase dans *Hiroshima, mon amour*. Non pas « tu me tues, tu me fais du bien » surtout pas ça, plus ça. Non pas ça, plus ça. Pas ça là maintenant. Non, mais : tu me plais, quel événement. Parce que, voilà, elle le voit ce qui lui plaît, là, elle le voit bien, elle est bien obligée, là, de s'avouer, qu'il lui plaît, c'est un tel événement. Jamais elle n'aurait pu imaginer que ce serait cet événement-là qui lui plairait. Alors que le fonctionnement de la violence, je le connais bien, chaque fois c'est la même chose toujours. Toujours la cible, toujours la stratégie défensive et toujours le chasseur, et toujours au bout du compte une de ces fatigues, après l'attaque, défensive je reprécise. Défensive toujours je le reprécise. Une de ces fatigues. Alors que : TU ME PLAIS, QUEL ÉVÉNEMENT. Tu me plais, quel événement. Emmanuelle Riva sépare le P et le L et dit : plais. Et le ai, puis le é et le è, et tout ça, tous ces sons ouverts, l'horizon s'ouvre. Avant rien, et l'horizon s'ouvre enfin. Quel événement. Qui aurait pu le croire ? Que dans les allées dallées de La Grande-Motte tu me plairais. Parce que ce qui est érotique, c'est : sous les jupes des filles, et c'est : un homme qui fume, un regard noir, un homme grand, une femme qui tarde à répondre à la sonnerie de son portable. Qui aurait pu croire que ça m'énerve ton portable qui sonne au contraire ? Qui aurait pu croire que la violence s'arrêterait net enfin ? Que l'horizon s'ouvrirait enfin. Oh pas longtemps, un jour et demi. Et puis après ça reprend le fonctionnement de la violence me reprend, me réinjecte dans les circuits, ça recommence dès la nuit, à se dire : ça non, ça non, ça non. Et puis à savoir que : ça non plus, et puis à savoir que de toute façon c'était juste un instant. Un instant où l'horizon se déchire. Un instant de repos. Mon sujet c'est l'amour parce que mon sujet c'est le repos, parce que je connais bien le fonctionnement de la violence, et que je suis dedans un petit lapin, et que la stratégie défensive me fatigue, et qu'en vélo sur les côtes mes armes, mes pauvres armes ne servent à rien, ne servent plus à rien, quel événement. Si un jour j'avais pu le penser que je pourrais les poser ne serait-ce qu'un jour et demi. Mais dès le lendemain, Mathilde Seigner, le prof d'architecture, la secrétaire va me manger, et le courrier auquel répondre, et l'avocate, et la succession de mon père.

Il est mort. La succession me lèse. Il faut bien que je me défende sinon autant se mettre les bras en croix sur la cible, un lapin. Oh je le connais bien le fonctionnement de la violence. Frédéric m'a téléphoné ce matin, tout le dimanche il n'a pensé qu'à une chose, la décollation, il m'a dit le mot plusieurs fois, je lui ai dit : ça me fait mal quand tu dis ça. La décollation c'est la tête qui se décolle du corps. Pendant que j'avais l'horizon qui enfin se déchirait, un jour et demi, tout le dimanche il réfléchissait à la sérénité de ces femmes qui décapitent, pourquoi ces visages, pourquoi sont-ils sereins se demandait-il tout le dimanche. Et puis mon avocate qui m'a dit : j'ai envoyé une lettre recommandée. Et puis tout le monde qui m'a téléphoné pour me dire : vendredi quelle bonne soirée.

Une jupe qui se soulève, un bas qui file, un portable qui sonne. S'il suffisait de soulever sa jupe, tu vois. Un homme qui parle à un enfant. Un homme qui va chercher un enfant à la sortie de l'école. Ce n'est pas érotique a priori. Un homme qui fait à manger ce n'est pas érotique. Je n'ai jamais aimé, je n'ai jamais aimé. Une femme qui fait le marché a priori ce n'est pas érotique. Et je n'ai jamais aimé. Je ne trouve aucune situation érotique, aucune musique, aucun sourire, il n'y a rien pour moi d'érotique. Je n'ai jamais aimé. Je n'aime rien, je ne suis jamais amoureuse, je n'ai jamais envie de rien. De moi-même, par moi-même, la première, moi vouloir toi, je ne connais pas, la première. Alors qui est la première, qui est le premier, qui vient chercher, qui vient me chercher, est-ce que c'est moi par hasard qui vais chercher ? Est-ce que c'est moi par hasard ? On ne peut pas vivre sans amour, je ne peux pas vivre, moi, et on ne peut pas vivre sans érotisme, sans portable, sans jupe, sans la soulever, ou sans penser qu'on pourrait la soulever. Ce qui peut être érotique, peut-être, je dis bien peut-être, c'est de penser à ce qui l'est pour les autres. Les autres. Ce qui est érotique : les autres. Mais ça ce n'est pas un événement. De penser que pour les autres tel homme qui fume serait érotique. Ce n'est pas un événement. L'horizon qui se déchire c'est un événement, un jour et demi pendant que partout ailleurs ça tue, et que là, un jour et demi, un bout de ciel, grâce à une odeur de cheveux, laissait passer un rayon dont il fallait même se protéger les yeux. Pour quelqu'un d'autre, telle femme serait érotique en train de faire ça. Mettre sa main en visière pour se protéger les yeux. Un homme au débouché d'une rue ce n'est pas érotique. Ou qui conduit une voiture ce n'est pas érotique. Je n'ai jamais aimé. Avez-vous aimé? C'est une chanson de Jean-Louis Murat, j'ai trouvé, je ne suis pas la seule à me la poser la question. Avez-vous aimé? Un dos musclé ce n'est pas érotique, des épaules qui tombent ce n'est pas érotique. Qu'est-ce que vous me racontez, vous n'avez quand même pas aimé? Qu'est-ce que vous me racontez? Vous n'avez quand même pas aimé ça un bout de chair? Une femme allongée avec les jambes levées et appuyées au dossier, d'un fauteuil, d'un canapé, ce n'est pas érotique. Qu'est-ce que vous me racontez? Vous n'avez quand même pas aimé? Deneuve ce n'est pas érotique, De Niro ce n'est pas érotique, un film porno ce n'est pas érotique, *Emmanuelle* non plus, Coralie, X, non plus, de penser aux millions de gens que ça excite, ça oui d'accord ça donne le vertige, ça oui d'accord ça peut être érotique. Mais ce n'est pas un événement. Ce n'est pas ça que j'appellerais un événement. Jean-Louis Murat pose une question, dans une chanson : as-tu aimé ? Oui mais quoi ? En admettant que tu aies aimé, quoi ? Mais déjà, as-tu aimé ? Si tu as aimé ce qui pour des millions de gens etc. ce n'est pas un événement. Ou peut-être que si. Je ne me connais pas moi-même et je ne connais pas l'amour. Je ne connais rien à l'amour. Y a-t-il quelqu'un qui m'aime ici ce soir, ça aussi c'était une question. Si on veut chanter l'amour, si on veut écrire l'amour, il faut bien qu'il y ait quelqu'un qui vous aime ici ce soir, il faut bien qu'il baisse votre bras et qu'il vous dise : arrête, pas besoin de te défendre contre moi. Murat : Il faut aimer/ S'évader, troubler la ronde/ Choyer l'âme vagabonde/ Qui sait montrer le chemin/ Il faut aimer/ Que le corps vive en ce monde/ Vive heureux chaque seconde/ Comme un amant ruisselant.

Puis : Dis as-tu aimé chanter aime-moi/

As-tu aimé que se referment ses bras/ As-tu aimé poser ton cœur à l'intérieur/ D'un être heureux.

Et : As-tu aimé t'enfuir loin parfois/ As-tu aimé retrouver tes pas/ Oui saurais-tu souffrir à l'intérieur/ D'un être heureux.

Il faut aimer/ Prendre le train bleu des songes/ Contourner la grande éponge/ Éviter le Malin.

Il faut aimer/ Attiser les feux de joie/ Qu'allumera pour toi/ Le stratège bienveillant.

Etc., etc., etc.

Le stratège bienveillant !

Je ne sais pas, je crois, ça ne dépend pas que de moi. De quoi alors, de quoi ça dépend ? C'est quoi l'érotisme ? Ça dépend de quoi alors ? Ça dépend du mystère, voilà la réponse qu'on trouve le plus souvent. Mystère, l'amour est un mystère, alors que pas du tout, c'est un événement. Et même, c'est un heureux événement. Vous attendez un heureux événement, mais oui, bien sûr. Je n'attends pas un mystère, bien au contraire, j'attends un heureux événement. C'est quoi l'érotisme, un mystère, pour moi. Mystery, et crime, parce que la chasse. Parce que la femme qui fume chasse, et l'homme qui conduit chasse, le muscle sous le T-shirt chasse, et les yeux qui sont si beaux chassent. Il y a un petit lapin devant, alors l'événement c'est peut-être, peut-être, je dis bien peut-être, je ne sais pas, je ne connais pas l'amour, c'est peut-être quand il se dit : quel événement ce n'est pas de la chasse, je m'étais trompé, c'était juste une stratégie défensive, aussi, de l'autre côté d'un autre petit lapin égaré, quel événement il me plaît, quel événement la guerre est finie. La guerre est suspendue un jour et demi, quel événement. L'horizon se déchire. Quoi qu'il fasse l'horizon se déchire, qu'il fume, qu'il fasse le marché, qu'il parte au loin, c'est un événement. Qu'il fume, qu'il conduise la voiture, qu'il débouche de la rue, il me plaît. Ça peut être un homme, ça peut être une femme, je ne me connais pas moi-même, ça n'a pas d'importance, je ne vois pas l'importance, je ne me vois pas, et l'amour rend aveugle. Quoi qu'elle fasse, l'horizon se déchire, qu'elle fume, qu'il débouche de la rue. Ça dépend de quoi alors? Je viens de le dire. L'érotisme c'est un geste de paix avec les armes à portée de main, et heureusement, parce que le fonctionnement de la violence rôde, et Frédéric y a pensé tout le dimanche, à la décollation. La décapitation, le couteau dans le cou, le rasoir sur les marches de l'escalier, et moi dans son rêve qui venais juste de dire : on aura moins de problèmes maintenant tu verras, ayant juste laissé un rasoir sous mes pas, en remontant d'un sous-sol dans son rêve. Il ne faut jamais, jamais, jamais, jamais, relâcher la surveillance. C'est ça. Pour moi. Parce que je connais très bien le fonctionnement de la violence. Et comme je ne me connais pas très bien moi-même, et comme je ne connais pas l'amour, je ne peux pas me permettre de relâcher la surveillance. Ma main tape tout ce qu'elle voit, pas le temps de connaître autre chose. Je ne me connais pas moi-même, je ne connais pas l'amour, je ne connais pas mes sentiments, je connais le guet, je connais guetter, je connais faire attention de ne pas être empoisonnée. Je connais faire attention de ne pas être enrô-lée, pas trompée, pas embarquée dans le mensonge, ça je connais. Une voix douce, ça peut être un mensonge ou un événement. Ça dépend de quoi? Ça se sent. Parce que s'il y a une chose que je connais bien aussi c'est la voix, je ne me trompe pas. La voix est douce là, la voix est vraiment douce, c'est de la vraie douceur ça, c'est du vrai amour, je ne connais pas mais quand même je le sens, parce que, après tout c'est normal qu'on m'aime, avec toutes ces veilles que j'ai accumulées depuis des années où je faisais le guet pour toi ma belle. Enfin je ne sais pas, tout cela est confus, je pense que j'ai aimé. As-tu aimé en morte-saison/ Semer la graine fleur/ Qui pousse au cœur/ Des gens heureux. Oui. Oui, j'ai aimé en morte-saison et je ne le disais même pas à moi-même. Parce que je ne me connais pas moi-même. Et je ne connais pas l'amour, alors je ne pouvais pas savoir que c'était ça. J'étais même convaincue du contraire, que c'était la guerre. Et qu'il fallait que je guette. Que ce sentiment-là il fallait que je me l'extirpe, qu'il voulait ma mort. On est tout le temps dans cette incertitude-là. Positif ou négatif? Érotique ou à mourir de rire?

Amour ou tu te fiches de ma gueule ? Je ne sais pas ce que c'est « moi vouloir toi » et je m'en flatte. Mais heureusement qu'on m'a voulue parfois. Parce que sinon je pourrais mourir sans avoir rien connu. Trop occupée à écrire une nouvelle sur l'amour, et n'y connaissant rien, sur la violence alors. Et m'y connaissant trop, sur l'amour alors. Et découvrant alors que c'est l'été. La saison extrême. Ou c'est le bonheur extrême ou c'est la déception extrême. Léonore me disait : je n'aime pas mes extrémités parce qu'elle passe du rire aux larmes, souvent, mais trop souvent, elle dit : je n'aime pas ma vie à cause de mes extrémités. Tout d'abord j'ai pensé qu'elle parlait de ses mains et de ses pieds, mais elle parlait de ses sentiments extrêmes, des larmes, une tristesse extrême, elle est capable de dire : je n'aime pas ma vie, et puis la crise passe, l'angoisse, la peur passent, et elle va bien, elle est heureuse, elle s'endort tout à fait tranquillement. Elle est capable de se regarder dans la glace et de dire : je suis moche, j'ai les cheveux électriques, je ne peux pas aller comme ça à l'école. Je l'ai

calmée, c'était la neige qui rendait l'atmosphère électrique, c'était vrai, c'était vrai,
elle avait les cheveux dans tous les sens, je
l'ai peignée, je lui ai mis ses barrettes.
Tous les sentiments qui l'attendent. Tous
les étés qui l'attendent, déjà l'été prochain,
qu'est-ce que je vais lui offrir comme
vacances? Déception ou bonheur, je me
trouve un peu seule pour faire le bonheur
de mon enfant. La peur que mon enfant ne
soit pas heureuse. À la Grande-Motte, elle
suivait sur son petit vélo derrière, il n'y a
qu'une déception, que je n'ai pas pu lui
éviter, c'est la piscine, on n'y est pas
allées. Je n'avais pas le courage. Se désha-
biller, se mettre en maillot de bain, pas du
tout le courage. Lætitia, enfant, sur le siège
arrière de la voiture de ses parents. Elle se
disait : oui bien sûr je m'ennuie, mais ça
n'aura qu'un temps, il va venir sur son che-
val blanc.

Il neige, nous sommes le 25 janvier. J'ai
vu une folle hier dans un cabinet médical,
une vraie folle. Elle parle. C'est un concen-
tré de banalités, elle appuie sur les liaisons
grammaticales, elle raconte des choses

avec conviction, elle éclate de rire par intervalle. Que fait cette femme ? Cette femme est-elle un lapin ? Cette femme est-elle un chasseur ? Cette femme est-elle un arbre ? Anne m'a téléphoné vendredi, elle rentrait de Bourgogne, pendant plusieurs jours elle arpentait des forêts qui lui appartiennent, qui ont été dévastées par la tempête, il fallait pour estimer les coûts, les dégâts, évaluer des sommes pour les assurances, et décider s'il fallait vendre le bois à perte tout de suite ou attendre que les cours remontent, mais l'entreposer en attendant, et où ? Donc pendant des jours elle a arpenté ses forêts pour évaluer, elle m'a dit qu'elle mesurait, elle m'a dit : le tour de taille de la bête, c'était le diamètre de l'arbre. Et la femme d'hier justement est grosse, n'a pas de taille, elle a des taches grises sous les yeux, la peau du visage blanche, et je vois mal quiconque lui ceinturer la taille. En tout cas pas moi, en tout cas elle me dégoûte, en tout cas pas moi, moi je ne pourrais jamais, elle est folle, j'en ai toujours eu horreur, et cette horreur est bien antérieure. Quand je vois Mathilde Monnier, qui touche des autistes, je me dis

« mais qu'est-ce qu'elle fait ? » Ce n'est pas érotique, un regard fixe. Ce n'est pas érotique une grosse taille. Des cheveux en l'air. Des taches grises sous les yeux. Une peau cadavérique, ce n'est pas érotique. Pas plus que Mathilde Seigner, c'est pareil l'inverse. Les deux côtés de la barre ce n'est pas érotique. Ce n'est pas érotique quelqu'un qui ne peut même pas dire un mot, ou quelqu'un de logorrhéique, qui n'a pas accès au symbolique. Ce qui est érotique c'est quelqu'un qui à travers un geste est tout le symbole précisément de ce que tu ne voulais pas, et donc tout le symbole précisément de tous les obstacles que tu as sautés pour le rejoindre. Ou que tu n'as pas sautés du tout, que tu t'es pris dans la gueule qui symbolisent ta faiblesse enfin, non pas ta faiblesse, ce n'est pas ça, pas ta faiblesse. Ton mystère si tu veux, oui si tu veux ton mystère. Quelqu'un qui t'a appris à l'aimer, ça, tu vois, ça, c'est mystérieux, et qui a réussi. Ça, moi, je dirais que c'est ça, qui est vraiment vraiment érotique. Alors que la folle ne connaît même pas son propre mode d'emploi. Elle se connaît, elle, elle se décrit, elle, mais son mode d'emploi, elle ne le connaît pas, elle connaît sa taille et sa couleur, son âge et ses maladies mieux que quiconque mais pas son mode d'emploi. A-t-elle aimé ? A-t-elle aimé que se referment ses bras ? A-t-elle aimé poser son cœur à l'intérieur d'un être heureux ? A-t-elle aimé s'enfuir loin parfois ? A-t-elle aimé retrouver ses pas, et saurait-elle souffrir à l'intérieur d'un être heureux ? Il faut aimer éviter le Malin. Ça, c'était le cabinet médical, et puis il y a eu début janvier, l'avion, le journal, *Le Monde des livres* dans l'avion, une critique, j'ai oublié sur qui, une phrase de saint Augustin était citée par le journaliste : Celui qui se perd dans sa passion est moins perdu que celui qui a perdu sa passion. J'y ai repensé pendant des jours et des jours, j'associais pendant des jours et des jours l'image de Claude dans son appartement. Que j'ai aimé, Claude que j'ai aimé. J'ai aimé. Mais au téléphone tout à l'heure il m'a dit que ça allait, qu'il n'y avait rien de particulier mais que ça allait. Mais moi, est-ce que j'ai l'impression que j'ai perdu ma passion, ou que je suis perdue dedans, je ne le vois pas, même pas. Je réfléchis.

La neige s'est presque arrêtée. Il y a à peine un quart d'heure, chaque flocon était encore une grosse plume. Alors est-ce que j'ai perdu ma passion, je ne sais pas, je pense oui, je pense que j'ai perdu ma passion. Je pense que, quand j'ai vu que je ne pouvais pas prendre ce que je voulais au restaurant sans que ça fasse des histoires, des gueules pas possibles, des remarques, des réflexions, j'ai dû comprendre à ce moment-là, vers ce moment-là, donc bien antérieur, qu'un coup de fusil serait vite arrivé, symbolique, un coup de fusil symbolique, et déjà la vie, déjà rester en vie, déjà. Premièrement. Ça. Et que ma passion. Eh bien ma passion. Serait d'autant plus précieuse, serait d'autant plus chèrement payée. Serait un cadeau inespéré, et puis un de ces cadeaux, tu sais, si on ne te les fait pas, tu serais prêt à tuer. Un de ces cadeaux, tu sais, tu ne supportes pas quand ça tombe à côté. La déception. L'érotisme, c'est quand il n'y a pas de déception. C'est quand tu sens que l'homme qui te veut, c'est quand il veut. Et ça, c'est quand même très, très rare. Enfin je ne sais pas. Tu dirais mystère, ou vertige? Ou joie?

Lætitia au téléphone ce matin : ce n'était jamais le bon geste.

J'ai trouvé. Ça y est, je sais. Je vais vous dire. Je vais vous dire quelque chose de très banal, mais je vais vous le dire concrètement, tellement concrètement, que, cette fois, enfin, il n'y aura plus de doute, aucun, aucun doute, aucun, pas le moindre. Lisez cette phrase. La vérité est toujours dans des phrases. Voilà : « Viens regarder le jardin avec moi, même si c'est l'hiver. Viens sentir la douceur de mon corps, de mes lèvres, viens explorer mon corps comme tu l'as fait hier, emmène-moi au cinéma, au bord de la mer, à New York ou ailleurs quelle importance, mais emmène-moi, prends-moi. » Pourquoi je cite cette phrase, parmi tant d'autres possibles, dans tellement de lettres d'amour au monde ? Parce qu'il y a : à New York ou ailleurs QUELLE IMPORTANCE mais emmène-moi. Parce qu'il y a : quelle importance. Ça, il fallait l'écrire quand même. Il fallait se le sortir de la main, ça, quand même. Il fallait l'avoir dans le cœur et se le sortir de la main. Il fallait en avoir de l'amour dans le cœur pour se sortir ces deux mots-là de la main. Et moi il m'en fallait aussi du cœur pour me les chanter dans ma tête. Car ce qui est positif un jour peut être négatif le lendemain. Ce qu'on croit un jour peut être une tromperie le lendemain, les pièges sont posés.

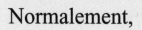

Normalement,

Normalement, là, j'ai envie de crier.

S'endormir déjà. Dormir, s'endormir, s'éveiller. S'apercevoir que tout est là. Tout ce qu'il faut, déjà, s'apercevoir de ça. Comme les poules je me lève tôt. Groggy par les comprimés.

Tu la craches ta Valda?

L'impression d'avoir échappé au déséquilibre. « Elles sont équilibrées ces petites. » Les danseurs veulent toujours voler. « Tu ne peux pas savoir comme ça me fait plaisir, de les voir comme ça. »

C'est bon pourtant de dormir, de rester bien au chaud dans son petit lit. La folie, et bien sûr, la souffrance, de ne pas être entendu.

Non, il ne faut pas s'enfoncer dans le trou noir.

Des choses que vous pouvez noter aussi, pour vous.

On n'a jamais vu ce danseur, excellent, rater son coup.

L'impression d'avoir échappé au déséquilibre.

Quand on regarde un spectacle, on ne pense pas à ce qu'on voit. Mais derrière à d'autres images. Dans sa tête à soi. Enfin, moi.

« Elles sont équilibrées ces petites, je suis contente. »

Les danseurs veulent toujours voler.

« La question du langage et de l'enfermement », car l'enfermement la fascine.

Elle avait pris ce pli dans son âge enfantin.

On ne jouera pas sur l'agression du public. Avec Mathilde, on n'agresse pas le public. Ce ne sera jamais interactif. Jamais on ne leur demande de marcher. Ou de parler.

La manière dont elle s'est mise comme ça. Très proche, près de lui, contre lui. Avec les pieds.

Depuis que Dominique est mort, la danse contemporaine est morte.

« Je n'étais pas cruel quand j'étais petit. Non. »

J'ai aveuglé une personne.

Comment ?

En mettant mes doigts dedans.

Les danseurs, ils ont besoin de.

La clinique, l'hôpital psychiatrique.

Hélène, accepteriez-vous de la compote ? Un morceau de roquefort ?

Un regard peut tout dire comme on dit. Comme on dit. Comme les poules comme on dit. Elle avait pris ce pli dans son âge enfantin. De venir dans ma chambre un peu chaque matin.

Elles sont équilibrées.

Dans toutes les créations, il y a des blessures.

Dans le théâtre à l'italienne, il y a l'œil du roi. Les yeux à un mètre au-dessus du plateau. Et la distance du milieu de la scène correspond à la largeur du cadre. Pour les invités de marque.

Elle avait pris ce pli.

La fatigue. Un rapport au souffle direct,

un état d'oxygénation un peu comme en montagne. L'essoufflement, le souffle.

Les invités de marque, le maire, les journalistes et les notables. Là non, mais un nuage au-dessus, concentrera.

D'autres images, derrière.

L'argent, ça existe aussi.

Qu'est-ce que je fais là ? Comment en arrive-t-on là ?

Et maintenant ? Où se diriger ?

Comme à Lima toute l'année il y a des nuages. Il ne pleut pas. On voit le soleil en janvier, quelques jours. Les yeux des gens de Lima.

Comment ?

Les aveugles. Où ils habitent ?

Il en devient touchant à vouloir être trop virtuose dans son numéro d'équilibriste.

Comme les poules elle avait pris ce pli dans son âge enfantin. Groggy par les comprimés. Je me lève tôt.

Thème de la création, cette année : la folie, et surtout la souffrance de ne pas être entendu. Y réfléchir. Prendre des notes. Ou alors, changer de sujet.

Arrêtez d'aboyer.

Relativise.

Les danseurs ils ont besoin de.

Temps. Gestuelle précise. Indications précises. Concret.

Le don des langues, au moins la sienne, sinon qui la parlera?

Il y a beaucoup de désespérés parmi ces « fous » (entre guillemets), presque tous ont été des « gens ordinaires » (entre guillemets). Médecins, éducateurs et infirmières écoutent (beaucoup), (entre parenthèses), réprimandent, encouragent, tentent de consoler, tout en maudissant leur impuissance à soulager les blessures de l'âme... Et là, points de suspension, après âme.

Quand j'avais dix-sept ans, ç'aurait pu être une très belle année.

Le don des langues, anglais, allemand, latin. Dans les gènes, paternels.

Ils l'ont trouvée errant en pyjama sur un chantier.

Des sauts en l'air. Un rapport vertical.

Leur impuissance à soulager les blessures de l'âme, points de suspension, tout en maudissant, leur impuissance, à soulager. Les blessures de l'âme, points de suspension, tout en maudissant, cette maudite impuissance à soulager cette maudite blessure de l'âme, point de suspension.

Maintenir quelqu'un, ça veut dire le contenir, c'est-à-dire à un moment l'attraper.

Des blessures, des pansements, des foulures, des sauts en l'air.

Il en devient touchant.

Un regard peut tout dire comme on dit. Il ne faut pas s'enfoncer. Dans la rue, on ne peut pas se raccrocher.

Le fond de l'air est frais.

Ainsi qu'un rayon qu'on espère. Elle entrait et disait : Bonjour mon petit père. Elle entrait et disait : Bonjour mon petit père. Ainsi qu'un rayon qu'on espère. Elle entrait et disait : Bonjour mon petit père. Elle entrait et disait. Elle entrait et disait.

On ne jouera pas sur l'agression du public.

Les invités de marque, le maire, journalistes et notables. Là non, il y aura un nuage. Lima. Il ne pleut pas. Comme on dit. Les yeux des gens. Comme on dit, un regard peut tout dire. Là non, il y aura un nuage. On ne peut pas s'enfoncer. Lima.

Dans tous les ciels, les danseurs veulent toujours voler.

Le corps a une logique.

Quand j'avais dix-sept ans, c'était une belle année.

Arrêtez d'aboyer, saloperie de chiens !

J'ai envie que quelque chose arrive.

Un cauchemar quand Annie était petite, la pression, la pluie qui menace, un gros nuage. Le plafond descendait et elle était somnambule. Les cloisons se rapprochaient.

Elle entrait, et disait : Bonjour mon petit père.

Ça peut être bien, vous, si vous avez des mots clés.

La sienne au moins, sinon qui la parlera ?

Le monde entier peut se trouver dans une tête d'épingle, elle se disait. Les objets de la chambre, imaginer, les faire grossir, imaginer, vont peu à peu l'envahir.

Prenait ma plume, ouvrait mes livres, s'asseyait

Sur mon lit, dérangeait mes papiers, et riait,

Un jeu, « Tiens, si ça, ça grossissait... »

« Si tout grossit en même temps, comment s'en apercevoir. » « Pas de point de repère. »

Et même le sommeil, agité.

Entrait et disait. Dérangeait mes papiers et riait. Ouvrait mes livres, s'asseyait. Dérangeait et riait. Ouvrait, s'asseyait. Riait. Tiens, si ça, ça grossissait. Tiens, si ça, ça grossissait. Ça. Dérangeait mes papiers et riait. S'asseyait sur mon lit. Tiens, si ça, ça grossissait. Ça. Si ça grossissait. Et riait. Riait.

Et ça grossissait.

À douze ans, elle cherchait dans des livres la relativité d'Einstein.

Les danseurs veulent toujours voler. Toujours et encore se détacher du sol.

Vous considérez-vous comme dangereuse?

Faut l'admettre.

Vous l'admettez?

Non.

J'ai horreur des pansements.

Rita a tellement peu de chair.

Pas de point de repère.

Le journal, les gros titres.

On n'a jamais vu ce danseur, excellent, rater son coup.

J'ai aveuglé une personne.

Comment?

En mettant mes doigts dedans.

Dans ses yeux?

Oui.

Vous pourriez recommencer?

Oui.

Comment?

En mettant mes doigts dedans.

Dans ses yeux.

Oui.

Vous pourriez recommencer?

Oui.

Vous considérez-vous comme dangereuse?

Faut l'admettre.

Vous l'admettez?

Non.

Faut l'admettre.

Vous l'admettez?

Non.

Je n'étais pas cruelle quand j'étais petite.

Faut l'admettre.

Depuis que Dominique est mort la danse contemporaine est morte, faut le dire vite.

Vous l'admettez?

Non.

Il y a de la méthode dans leur folie.

Il en devient touchant.

Vous aussi vous pouvez voler.

Non. Si.

Êtes-vous des consommateurs ou bien des participants?

Fini de rire!

Je joue.

Là, j'ai envie de crier.

Si moi je dors, mais même, si moi je dors, quelqu'un d'autre.

Tout en suspension, et en légèreté.

Ils l'ont trouvée errant en pyjama sur un chantier.

Arrêtez. Arrêtons. Là, j'ai envie de crier.

Faut l'admettre.

J'ai envie qu'il se passe quelque chose.

Un coup de fil, un coup de foudre. Mais que quelque chose arrive. Que quelqu'un arrive. Vite.

Je suis trop bien pour qu'on me prenne en pitié.

C'est du passé tout ça.

Je suis trop bien pour qu'on me prenne en pitié. Là, j'ai envie de crier. Être trop bien pour qu'on nous prenne en pitié. Cette phrase, pas écrite moi-même, je suis aussi bien que l'auteur.

Je ne veux pas vous épuiser, parce qu'après...

Vous êtes sortis ? Est-ce que vous avez pris l'air ? Prendre l'air l'obsédait. Prendre l'air, est-ce que vous avez pris l'air ? Par ce beau temps, est-ce que vous avez pris l'air ? Vous devriez prendre l'air par ce beau temps. C'est dommage par ce beau temps de rester enfermé. Est-ce que vous avez pris l'air ? Est-ce que vous en avez l'intention ? Par ce beau temps, il faut. Avant quatre heures. Pour éviter les coups de vent.

Pluie. Pluie et vent.

Fini de rire !

Je n'avais pas de poils sous les bras quand j'étais petit.

Je les ai enlevés. Vous le faites aussi ? Ça repousse pas, hein ?

Si.

Pourtant une pièce d'identité, c'est important, c'est toi.

Je leur ai dit « je ne crois pas en l'argent, je ne crois en rien ». Je crois en l'amour.

On pense à d'autres images. D'autres gens. À soi.

Et riait.

Vous pouvez être immobile longtemps.

J'avais presque oublié le visage de mes parents.

On m'a empêché, on m'a dit « je ne pense pas qu'il souhaite te voir ». Voilà. Qu'est-ce que tu veux que je te dise ?

Difficile.

On n'a jamais vu ce danseur excellent.

Un nuage qui l'étouffait. Lima. Tiens, si ça grossissait. Et ça grossissait. La main pour contenir trop petite. Ratait son coup.

Toutes les langues, le compte de doigts n'y suffisait pas.

Les gènes.

Non. Si. Êtes-vous des consommateurs ou des participants ? Non. Si. Vous aussi vous pouvez voler. Non. Si. Arrêtez d'aboyer.

Repérer pour vous des sensations. Quand elle a commencé à marcher en rond.

On y voit défiler tous les cas.

Quand j'avais dix-sept ans, c'était une belle année.

Il ne faut pas que vous tombiez.

Pas la folie, pourquoi tout d'un coup la folie ? Non, thème de la création, mon cul sur la commode, si j'osais seulement.

Parlez à vos voisins.

Il était tellement imprégné de l'idée de Dieu, qu'il ne pouvait plus parler, il criait.

Laisse-moi finir.

Faut pas que ce soit gratuit non plus.

Arrêtez. Arrêtons. Ce n'est pas bien. Il y a quelque chose qui ne va pas. Arrêtez. Arrêtons. Appelle Annie et arrêtons tout de suite. Arrêtons ça, ça ne va pas. Vous ne voyez pas que ça ne va pas ? Ça ne va pas. Je le vois bien que ça ne va pas. Vous, vous ne le voyez pas. Évidemment. Moi je le vois. Arrêtez, tout de suite. Quelqu'un vite. Marco. Je m'en fiche, arrêtons tout de suite. Je m'en fiche, stop. STop jetz. Hier. Elle fera la gueule je m'en fiche. Jetz. STop. Orch met Ohre. Trekheimerpilot. Sechsmotorische wilzeui met ein rockdret am orch.

En Alsace, j'arrive chez Codec. À la caisse. Mettez tout sur le compte de Angot, c'est mon père. Mais la voisine derrière qu'avait jamais vu ma tête. Ma tête, un cul avec des oreilles, pour elle. Vous n'êtes pas leur fille. Là, j'ai envie de crier. STop. Attention. Diebin. Treckheimerpilot. Du besch sechsmotorische wildzeui met ein rockdret am orch. Et moi je me faufile. Je prends mes paquets, vite, vite, et je ferme la voiture à clé. Et le gérant tape aux vitres. Et je dis à Claude : démarre. Changement de thème : Un cul avec des oreilles. Et moi je me faufile. Je prends mes paquets, vite, vite, et je ferme la voiture à clé. Et le gérant tape aux vitres. Et je dis à Claude : démarre.

Quand vous étiez encastrés, vous vous en souvenez ? On ne s'est pas lâchés. Je voudrais me lever mais je n'y arrive pas. Faut que tu me laisses partir. Faut que tu me laisses reculer.

Et puis j'arrive au Centre Chorégraphique. Et qu'est-ce que j'ai appris ? Que Mathilde Monnier est née en Alsace. Et Mathias Jung aussi. Et encore pire, une des danseuses, est carrément allemande. Au début de la guerre, les Allemands étaient polis. Mais plus après. Après, orch met ohre, ça veut dire culs avec oreilles. Au début, ils cédaient la place aux femmes enceintes dans les bus.

72

J'aimerais bien qu'on ait une gestion du temps très particulière.

Changement de thème.

Après ils coupaient la tête aux enfants. Et moi j'arrive au Centre Chorégraphique, et qu'est-ce que j'apprends, ils sont tous nés là-bas. Chez Codec ou pas loin, vers la frontière. Au pays du charabia, schreien. J'ai envie de schreien. Schreien. J'ai envie de schreien.

Écoute ça : Rien de tel qu'une bonne nuit d'insomnie, après une longue journée d'angoisse pour scruter d'un œil toujours plus noir un horizon toujours plus bouché.

Mais écoute ça : « On dira que la semence du singe provient de quelque chose d'autre, moi je dirais que ce quelque chose d'autre provient de Dieu. Ce que vous appelez "quelque chose d'autre" c'est Dieu. Je suis l'infini. Je suis tout. » Il est tout, d'accord, mais il y a dix mille façons, moi, je dis non, non, et non.

Faut se tourner vers l'avenir maintenant.

Il y a dix mille façons d'être en équilibre.

Faut se tourner vers l'avenir.

98. Mundial, le football. Ça existe aussi.

Ne pas s'enfermer dans une thématique. Essayer. Essayer de ne pas s'enfermer. STop. Attention. Sinon, je vais avoir envie de schreien. Non pas envie de chier, envie de schreien.

J'ai tendance à rester confinée alors que le délire est historico-mondial.

Les Chinois, les Allemands, Jeanne d'Arc et le Grand Mongol, les aryens et les juifs, l'argent, le pouvoir et la production, les Allemands, les Alsaciens, le Codec, avenue de la 2e-DB, avenue du Feldmarechal, il est moins cher. L'argent, le pouvoir et la production, le maire, le Centre Chorégraphique, la Drac, les subventions. Diebin. Jeanne d'Arc. Le bûcher, les flammes, lèchent. Faire de la lèche. Faire de la lèche aux profs. Bonjour mon petit père.

Non. Si. Non. Si. Non. Si. Non. Si. Non. Si.

Aujourd'hui, ce qui l'intéresse, c'est le processus mental de l'enfermement. Comment le transcrire dans le mouvement? Mais changement.

Ils ont promis au monde, à Davos, un avenir radieux.

Hier, ce qui l'intéressait, c'était le pro-

cessus mental de l'enfermement. Et aujour-
d'hui, sortir en boîte.

Vous aussi vous pouvez voler. Arrêtez
d'aboyer.

Quand j'avais dix-sept ans, ç'aurait pu
être une très belle année.

Être sans don.

Être sans voix.

Saloperie de chiens.

Non. Si.

La crise, désamorcer la crise. Le dialogue, par le dialogue. Le don des langues.
Tired. FaTigué, exTénué, couRbaTure,
RenDu, maTT, KapuTT, eRschöpft,
eRmüdeT, etc.

Je ne sais pas pourquoi.

Je reprenais, la tête un peu moins lasse,

Mon œuvre interrompue, et, tout en écrivant,

Pourquoi d'ailleurs?

Parmi mes manuscrits je rencontrais
souvent

Je ne veux pas vous épuiser

Des immobilités. Des arrêts. Après ça
reprend.

C'est dur, je ne sais pas quand je dois
entrer, comment m'orienter, comment

communiquer. Ça me fait pas mal de difficultés. Je ferai ce que je peux, j'espère que j'y arriverai. Je l'espère. Mais ce n'est qu'un espoir.

Cours. *(Temps.)* Cours.

Ça c'est un repère pour toi.

Après ça reprend.

Hélas. Quel tas de merde ! Mais quel tas de merde. Quel tas de merde. J'ai mis un quinze, un onze, et après tout entre quatre et six. C'est à chier. L'horreur. Ces copies, l'horreur. Un tas de merde, l'horreur. L'horreur ces copies. Ils n'ont rien compris et l'anglais est à chier. Un tas de merde, l'horreur. Auschwitz, non je plaisante, faut bien que je me détende. Que je relativise.

Je n'avais pas de poils quand j'étais petit. Ça repousse pas hein ?

Des immobilités. Des arrêts. Après ça reprend.

Sinon je dors bien. J'ai du mal un peu à m'endormir. Mais quand je suis parti, je suis parti. Je ne me réveille pas.

Comme les poules je me lève tôt.

Tu ne peux pas savoir.

Non. Si. Arrêtez d'aboyer. Saloperie de chiens. Arrêtez d'aboyer. Arrêtez d'aboyer saloperie de chiens. Non. Si. On a changé de sujet, plusieurs fois.

L'impression d'avoir échappé au déséquilibre. Tu ne peux pas savoir comme ça me fait plaisir. Je suis contente.

Est-ce que le téléphone est bien branché? Vérifier. Est-ce que le répondeur est bien branché? Vérifier. Est-ce que le gaz est bien fermé? Vérifier. Est-ce que le facteur est passé? Est-ce que Jean-Marc a téléphoné? Est-ce que tu crois que Noria va nous rembourser? Est-ce que tu crois que Léonore est bien équilibrée?

Le corps a sa logique.

Retired, fatigué, exténué. Matt, Kaputt.

Il y a dix mille façons d'être en équilibre.

Hélène, ne vous affalez pas sur votre chaise.

Anglais, allemand, espagnol. L'hébreu *chemenn*, l'allemand *Schmalz*, le russe *jir*.

Et le Grand Mongol, et Jeanne d'Arc, et Le Pen. Dont j'ai rêvé cette nuit. Il avait envie de me regarder pendant que je faisais pipi.

Nettoyer. Allez. On dégage, on dégage.

« Je suis contente, elles sont équilibrées. »

Yohann, enfant psychotique, son éducatrice enraye ses crises.

On dégage.

Arsenic ce sont les gens qui veulent remettre les tableaux droits et qui font sans arrêt des rythmes. Le soir dans leur lit qui se frottent les pieds en rythme. En homéopathie.

Écoutez ça. « J'ai remarqué que quand je mange de la viande et avale sans mâcher, mes matières sortent avec difficulté. Je suis obligé de faire de tels efforts, que les veines de mon cou et de mon visage éclatent presque. Un incident que je veux raconter. Mes matières ne sortaient pas. Je souffrais, car j'avais mal à l'anus. Mon anus n'était pas grand et les matières étaient grosses. J'ai fait encore un effort, et les matières ont avancé un peu. Je me suis mis à transpirer. Je priais Dieu qu'il vienne à mon aide. Et les matières sont sorties. Je pleurais. Quand tout ça a été fini, je me suis essuyé et ça m'a fait mal au derrière. J'ai remarqué qu'un bout de l'intestin était sorti et j'ai eu peur. J'ai voulu me le renfoncer dans le derrière, car je croyais qu'il rentrerait, mais il n'est pas rentré. Je pleurais. J'avais peur pour ma danse. »

Je savais que ça te plairait ça.

Mais je me sens mieux. Je n'ai plus de vertige. Le Martini ? Non c'est de parler surtout.

Hélène, accepteriez-vous un peu de compote ?

J'ai beaucoup besoin de parler. De...

Mais ça ne me dit plus rien, franchement. Ça ne me dit vraiment absolument rien.

Je l'attendais. Ainsi qu'un rayon qu'on espère.

Mais au lieu de dire stop, on arrête. Arrêtons, on arrête, arrêtez, arrête. Il y a pas d'arête dans le bifteck. Elle entrait, et disait : Bonjour, mon petit père. Alors non, non, non !

Arrêtez. Arrêtons.

Il y a pas d'arête dans le bifteck, mais y en a dans le poisson. Ferme ta boîte à camembert, tu l'ouvriras pour le dessert. *(Sérieux, tendu, expérience.)*

Quand on a tendance à être solitaire, faut

quand même quelque chose à faire. Quand on a tendance à dériver complètement.

Quand on se rend compte qu'on a participé soi-même à son propre écrasement.

Sans appeler quelqu'un et dire j'arrive.

Vraiment arriver à des nuances.

La souffrance de ne pas être entendu, toujours ça. Y réfléchir.

Oui, exactement. Exact.

Défroissait.

En bas, en bas.

Dans le sol, dans le sol, dans le sol.

Talons, talons, talons.

Pardon ? J'ai bien entendu ? J'ai cru entendre pourquoi. J'ai cru entendre « c'est autobiographique ou quoi ? » Si on te demande, tu diras que tu sais pas. Qu'est-ce que c'est que cette manie ? Il en va d'un artiste et de sa vie privée comme d'une accouchée et de son enfant. Le lien entre les deux est secret. Vous pouvez regarder l'enfant, mais vous ne soulevez pas la chemise de sa mère pour savoir si elle est tachée de sang. Qu'est-ce qu'on peut imaginer de plus indélicat ? Qu'est-ce que c'est que ça ?

M'occuper, bouger, ne pas être tranquille.

À neuf heures le téléphone sonne, je n'ai
pas le temps d'accéder, on avait déjà rac-
croché. À neuf et demie, rebelote, je
décroche, c'était Madeleine Labriou qui
me disait « ben alors », j'étais invité à
dîner, je l'avais oublié, avec les plus gran-
des sommités de la ville. Qu'est-ce que tu
veux faire ?

On n'agressera pas le public.

Le lendemain envoyer un bouquet de
fleurs.

Phallos se dit en latin fascinus. Qui inspire des chants, satura. L'origine du
roman : satura. Fascinatio, fascinus, phal-
lus, satura, saturation, saturé, des graisses
saturées, yes, boîte à graisse, et des sons
saturés, des guitares saturées et des
graisses saturées, le bruit, la circulation.
Paris, la campagne. Le calme. Demain je
déjeune avec le maire. Ne pas l'attendre
avant quinze heures.

Le calme, pas d'embouteillage, le calme
complet, alors que Paris sans arrêt, il est là,
le bruit. Il est là...

La table n'était pas débarrassée et il y

avait encore du champagne. À voix haute, j'ai lu ça à Claude.

Et tous les corps tombent.

Mais arrête un peu, relativise.

Lui, « ça ne te dérange pas, je peux continuer de manger ? »

Des choses que vous pouvez noter aussi, pour vous.

S'asseyait sur mon lit, dérangeait mes papiers. Si ça, ça grossissait. Bonjour mon petit père. Et riait. Je reprenais. Sur une page blanche. Venaient mes plus doux vers.

Saloperie de chiens. L'intérieur des êtres c'est ça. Des choses qui aboient. À travers soi, en soi, autour de soi, qui sont là. Là. Qui sont là. Là. À travers soi. *(Après les points, à cet endroit, temps.)* Autour de soi. Là. Qui sont là. Là. En soi. Là. Autour de soi. En soi. À travers soi. Là. Qui sont là. Là. Là. Qui aboient. Là. En soi. Autour de soi. Qui sont là. Qui aboient. À travers soi. Là. En soi. À travers soi, en soi, autour de soi. En soi, autour de soi. Là. Qui sont là, là, là, là, là, Là ! ! ! Qui sont là. Là. Qui sont là. Des choses qui sont là. À travers soi, en soi. À travers soi. En soi. Autour de soi.

Là. Qui sont là, à travers soi et qui aboient. Là, là, là, là, à travers soi. Là et qui aboient. Là. Arrêtez-vous. Saloperie de chiens. Arrêtez-vous saloperie de chiens. Arrêtez-vous ! *(Colère et souffrance, et prière.)*

Mais... relativise un peu.

Mais je ne peux pas, mais merde, de quoi tu te mêles, mais tu m'emmerdes !

Mais c'est vrai, arrête un peu, t'es quand même quelqu'un qui a les pieds sur terre. Écoute ! Non ?

Si.

Flatulence, ballonnements, statistiques et migraines.

Est-ce que le téléphone est bien branché ? Vérifier. Est-ce que le répondeur est bien branché ? Vérifier. Est-ce que le gaz est bien fermé ? Vérifier. Est-ce que le facteur est passé ? Est-ce que Jean-Marc a téléphoné ? Est-ce que tu crois que Noria va nous rembourser ? Est-ce que tu crois que Léonore est bien équilibrée ?

Les sourds, à l'intérieur de leur tête, qu'est-ce qu'ils entendent, et ceux qui entendent ?

Tous les gestes des poules.

Un temps, elle avait même penser l'adopter.

La petite chouchoute.

Un temps, elle avait même penser l'adopter. Arrête.

Je suis contente elles sont équilibrées ces petites. Tu ne peux pas savoir comme je suis contente.

Pourquoi d'ailleurs?

Arrête. Y a pas d'arête dans le bifteck, mais y en a dans le poisson. Ferme ta boîte à camembert, tu l'ouvriras pour le dessert. On t'a pas sonné. J'ai pas une gueule mais une bouche qui te dit merde. J'ai envie de lui chier dans la gueule, schreien. J'ai envie de lui schreien dans la gueule. De lui schreien des insanités dans les oreilles, orch met ohre. Tu l'ouvriras pour le dessert. Non, pas ton cul. Tes oreilles et aussi ta boîte à camembert. Y a pas d'arête dans le bifteck. Le Pen est chez moi, comment je fais si j'ai envie d'aller aux toilettes? J'avais bien pensé aller chez la voisine. Est-ce qu'elle aurait compris? Chez moi la porte ne ferme pas. C'est ça le problème. Y a pas d'arête dans le bifteck. Et quoi d'autre? Ferme ta boîte à camembert, tu

84

l'ouvriras pour le dessert. Yes, boîte à graisse. J'avais bien pensé aller chez Mme Bosc, ma voisine. Ou le Grand Mongol, ou Jeanne d'Arc, ou un Juif, qui m'aurait cachée, juste le temps que j'aille aux WC. Pendant que Le Pen finissait de visiter mon petit appartement. Mais est-ce qu'ils auraient compris ? On arrive, on demande, un morceau de pain, ou du citron, pour mettre un petit filet sur le poisson. OK, ça va, entrez, bien sûr que non, je vous en prie, bien sûr que non, vous ne me dérangez pas, bien sûr que non. Mais je vous en prie. Mais bien sûr que non. Voyons. Voyons. Entre voisins. Bien sûr que non. Mais voyons. Mais je vous en prie. Mais bien sûr. Mais je vous en prie. Mais bien sûr. Mais bien sûr, voyons, bien sûr. Bien sûr, bien sûr. Mais... je vous en prie. Bien sûr voyons. Bien sûr. Une moitié, ça vous suffira ? Bien sûr ? Bon. D'accord dans ce cas. Bien sûr ? Bien sûr. C'est vrai, bien sûr ? Vous êtes sûre ? Bon d'accord dans ce cas. Mais si ça ne suffisait pas, je compte sur vous, pour revenir. Vous ne vous gênerez pas, c'est bien sûr ?

Bon, d'accord dans ce cas. Mais pour les toilettes, beaucoup plus délicat, emprunter leurs toilettes, alors qu'on en a chez soi, beaucoup plus délicat. Allez schreien chez les autres. Schreien tout le temps en soi, schreien pour soi. Chacun chez soi, le grand Mongol chez lui. Y avait quoi aussi ? Y a pas d'arête dans le bifteck mais y en a dans le poisson. Ferme ta boîte à camembert, tu l'ouvriras pour le dessert. Je ne me souviens que de ça.

Allez, on reprend. La question du langage et de l'enfermement, car l'enfermement la fascine. Le don des langues, au moins la sienne, sinon qui la parlera ?

Changement de thème ? Non, pas vraiment. Ben... si, quand même...

J'ai beaucoup besoin de parler. De... Y a pas d'arête dans le bifteck mais y en a dans le poisson, et yes, boîte à graisse. De ce coin du Berry. L'accueil des malades mentaux est une tradition.

On n'agressera pas le public.

On a pris le pli.

Dans son âge enfantin. De venir dans le poulailler un peu chaque matin. Je l'attendais ainsi qu'un rayon qu'on espère. Elle entrait et disait au coq à l'entrée : bonjour mon petit père. Et à une poule, plus loin qui couvait : ma petite mère. Un temps elle avait même pensé l'adopter.

Je rêve!...

Un cauchemar. Je rentrais chez moi cette nuit après un spectacle. J'étais avec Édith. Elle m'accompagne au portail, on se quitte. Je monte, j'arrive, la porte est ouverte. Il y a eu saccage, mise à sac, si j'avais été là, ç'aurait été moi. Et nulle part où dormir, pour la nuit, bien sûr y compris le lit. Tout, dans ma maison ils ont tout détruit. Je me réveille. Ce n'était qu'un rêve. Ouf! OUFF!

Je me suis occupé entre autres de poules, qui étaient des poussins au départ, il faut s'en occuper, il ne faut pas qu'ils meurent. Quand on voit que c'est devenu des poules. Ça, ça le satisfait.

J'arrive pas à en trouver des chaussures marron comme vous, taille 44.

Maintenir quelqu'un, ça veut dire à un moment l'attraper.

Le schizophrène, la poule, l'obèse. Appeler ça souffrance. Admettons.

Écoutez ça, encore : Et si les hommes n'aimaient pas seulement le bien-être ? Et s'ils aimaient la souffrance exactement autant ? Si la souffrance les fascinait tout autant. On l'aime quelquefois la souffrance, d'une façon terrible, passionnée, ça aussi, c'est un fait. Et ça : S'ils m'avaient dit ce qu'il faut que je dise, je le dirais tôt ou tard. Je l'aurais déjà dit. Écoutez ça maintenant : J'ai envie de crier. Mais de plaisir aussi. J'aime bien dire. J'ai envie de crier. Crier. Cri-er.

Et en même temps, je ne sais pas pourquoi d'ailleurs, je pourrais aussi bien, éclater de rire. Mathilde m'avait dit « tu verras, j'aime bien rire ». Moi aussi j'aime bien rire. J'aime bien éclater de rire. J'ai envie d'éclater de rire. Tout d'un coup, quand je pense à « y a pas d'arête dans le bifteck », j'ai envie de rire. Ou à « comment vas-tuyau de poêle », j'ai envie de rire. Ou « les danseurs veulent toujours voler » quand j'y pense, j'ai envie de rire. Quand je pense à *Trekheimerpilot*, toutes ces choses drôles qui existent. Toutes les choses marrantes qui existent et qui font rire. Comme m'avait dit Mathilde « j'aime beaucoup rire ». Je la regarde et j'y repense, elle m'avait dit « tu verras, j'aime beaucoup rire ». Elle m'avait dit « j'aime bien rire, tu verras ». Tu verras, j'aime rire. Elle m'avait dit « tu verras, j'aime beaucoup rire ». Pendant les répétitions, tu verras comme j'aime rire. J'aime rire. Beaucoup. J'aime beaucoup rire. C'est vrai. Tu verras. Tu verras comme j'aime rire. Mais la phrase « j'ai envie de crier », elle l'aime aussi. Elle l'aime, oui, je crois qu'elle l'aime bien. Là, j'ai envie de crier, là, j'ai envie de crier, elle l'aime bien. Là, j'ai envie de crier. J'ai envie de crier, là. Là. Là, j'ai envie de crier. Là, tu vois. Cri-er. Cri-er. J'ai aveuglé une personne. Comment ? En mettant mes doigts dedans. Tu pourrais recommencer ? Oui. Là, tu vois, j'ai envie de crier. Mais bon. Tu pourrais recommencer. C'est musical. Mais elle aime rire aussi. Elle dit « je peux être drôle ». Elle aime bien les choses drôles. Elle dit « parfois je ris comme une banane », elle dit « j'adore ». Là, j'ai envie de crier. Elle aime bien. Là, tu vois. Mais bon. On ne va pas recommencer. Mathilde aime rire, moi aussi. Alors, oui, ils jetaient les enfants en vrac, telles des bûches dans des camions, oui, c'est vrai, mais ça n'empêche, on a envie de rire. On aime rire. Même si, oui, ils jetaient les enfants en vrac, telles des bûches dans des camions, oui, c'est vrai, mais ça n'empêche. Dans des camions, dans des fosses aussi, ou... je ne sais pas. Tous, on aime rire. Une bonne crise de rire, on aime tous bien ça. Rire. Oui, oui, c'est vrai, ils jetaient les enfants en vrac, telles des bûches dans les rues, dans des camions, oui, c'est vrai, mais ça n'empêche. J'ai envie de rire j'ai envie de rire j'ai envie de rire. J'ai envie de rire. Tu verras, j'aime beaucoup rire.

Écoute ça : Ce qui est tout à fait normal, ce qu'on appelle normal, n'a jamais fait rire personne au monde. Et soi-même on ne rit que si on se pince ou quelque chose dans ce genre, là on rit. Quand ma grand-mère se brûlait à la plaque de la cuisinière, je riais comme un fou, et si pendant des semaines cela ne se produisait pas, pendant des semaines il n'y avait pas de rire dans la maison. Tout était insipide. Et quand ça devenait trop insipide à mon goût, je me cachais dans le cagibi à balais — il y avait un rideau et on mettait les balais derrière — et au moment où je savais que ma grand-mère allait passer, je sortais la main, et elle tombait à la renverse avec un cri effrayant, comme dans une attaque, parce que je l'avais effrayée, enfant, parce que je m'ennuyais.

Allez, on arrête un peu. On reprend son sérieux.

Méfiance, prudence, attention. Allez, concentrez-vous, reprenez votre sérieux. Herman! arrête. Reprenez votre sérieux, c'est important.

Le sang circule ainsi que la lymphe et tous les liquides communiquent. Le mouvement des cellules est incessant, elles se contractent et se dilatent. Les poumons s'ouvrent et se ferment. Le cœur bat, les viscères broient, transportent, sécrètent, excrètent. Leurs tanks déboulent dans la ville. « Adieu ! Adieu, nous nous retrouverons bientôt ! » criait-on depuis la route.

Mathilde avait envie de choses dures. Faut pas que ce soit gratuit non plus.

La femme de Noujni pleurait beaucoup et s'inquiétait pour son fils qui ne pourrait reprendre la classe à l'automne.

Le vent soufflait.

En sueur. La pitié, la pituite. Les poules ont soif. La pépie. Madame Monnier, la Badoit?

Pluie. À la maison on ne parlait pas de certaines choses, on ne faisait pas certaines choses.

Contestons le spectacle. Envie de parler? Se lever.

Vous aussi, vous pouvez aboyer bien sûr.

Notre corps n'est-il pas destiné à périr?

Soyons un peu plus léger.

Les Français en ont marre de la sinistrose.

Soyons un peu plus léger.

Si ça continue comme ça, je n'aurai pas de nouveau fou rire avant de mourir.

Mais ne pas partir ailleurs.

Enfermement, en anglais *confinement*. Confinement, confiné, confiote.

Hélène, accepteriez-vous, Hélène un peu de confiote ? Hélène. Hélène. Hélène.

Dans le poulailler chaque matin et y rester. Dans la chambre, un peu trop longtemps.

HÉLÈNE.

Humour, blague, plaisanterie, distance, deuxième degré. Irène, euheuh..., Hélène je veux dire ; Hélène, c'est sûr ? Bien sûr ? Vous allez me répondre ? *Treckheimerpilot*. Hélène, vous allez me répondre ? Joël ? Hélène. Hélène. Hélène, j'attends une réponse. HÉLÈNE. HÉ-LÈ-NEU. Ça vous amuse Hélène ? J'attends une réponse Hélène. Hélène. Hélène, un peu de compote ? Hélène, mais qu'est-ce que vous avez, bon sang, dans la tête ?

On peut avoir du silence derrière ? S'il vous plaît ?

C'est assommant.

Hélène, range ta chambre. Je ne serai pas toujours derrière toi. Comment tu feras quand tu seras grande ?

J'aurai une bonne.

Pluie.

Quand j'avais dix-sept ans, ç'aurait pu être une très, très, très belle année.

Ç'aurait pu être une très, très belle année.

Ç'aurait pu être une très, très, très belle année.

Une très, très belle année.

Une très belle année, ç'aurait pu être.

J'hésite ce soir à aller au restaurant ou pas, à manger des pâtes ou à décongeler une pizza.

Deux mille cadavres sur des tas de bois.

Il restait un peu de champagne, pour faire couler.

Les gens! Ah, la la!! Les gens!

Fatiguées, ermüdet.

S'il m'appelait maintenant, là, pour faire l'amour, je viendrais. Tout de suite. J'ai envie de baiser.

Ou lui.

Ou elle, remarquez, avec un oreiller sur la tête.

Comme toutes les mongoliennes, la fille de Maurice Compaing est laide. Elle bave. Je lui montre mon sexe. Elle ne sait pas quoi en faire. Make love. Est-ce qu'on peut faire l'amour avec une poule? Et avec une mongolienne? Qu'est-ce qu'on préfère?

Aller de l'avant, appeler ça aller, appeler ça de l'avant. Creuser, dessous. Appeler ça dessous.

D'une mongolienne soulever la robe.

Et avec moi, est-ce qu'on peut faire l'amour avec moi? Dans ma petite confiote.

Il reste un peu de champagne pour lubrifier.

Humour, blague, plaisanterie, distance, deuxième degré.

Hélène ou... Irène, enfin, je ne sais plus.

J'ai envie de baiser, si, faut l'admettre.

Ou... une poule. Elle avait même pensé l'adopter.

Je l'attendais ainsi qu'un rayon qu'on espère. Dans ma chambre un peu chaque matin. Sur mon lit. Prenait ma plume.

D'une mongolienne, détacher le soutien-gorge.

Hélène, ne vous affalez pas sur votre chaise.

Ne vous tassez pas.

On n'agressera pas le public.

C'était une blague. Elle est bonne, hein celle-là?

Quelle sexualité ces gens-là ont? Qui s'en occupe? Des médecins? D'autres malades? Eux-mêmes? Ça pose des vraies questions.

On vous invite au vingt heures. Pour une phrase. La France aux Français? Ne comptons que sur nous-mêmes? Je dors avec mon cousin. Comment traduire l'enfermement dans le mouvement?

Il a mis une chemise d'été. De toute façon, l'hiver se termine. Le 21 mars, le printemps commence. C'est bien ça?

Tous les corps tombent.

Faut chasser ces idées qui n'apportent pas grand-chose. Pas grand-chose. Et essayer de dormir. S'endormir déjà. Dormir, s'endormir, s'éveiller. Et s'apercevoir que tout est là. Tout ce qu'il faut. Déjà s'apercevoir de ça.

Parce que vous avez tous des façons différentes de bouger. Qu'on sente que vous êtes prisonniers.

Est-ce que le téléphone est bien branché? Vérifier. Est-ce que le répondeur est bien branché? Vérifier. Est-ce que le gaz est bien fermé? Vérifier. Est-ce que le facteur est passé? Est-ce que Jean-Marc a téléphoné? Est-ce que tu m'as acheté des œufs? Est-ce que tu crois que Gibert est déjà ouvert? Est-ce que tu crois que j'ai le temps? À la poste est-ce qu'il y avait la queue? Est-ce que tu crois que Noria va nous rembourser? Est-ce que tu crois que Léonore est bien équilibrée? Est-ce que tu crois que mon livre va marcher? Qu'est-ce qu'ils vont dire? Est-ce que les journalistes vont l'aimer? Qu'est-ce que tu crois qu'ils vont dire? Est-ce que tu l'aimes toi? Beaucoup ou comme ça? Est-ce que le téléphone est bien branché? Est-ce que le répondeur est bien branché? Vérifier. Est-ce que le gaz est bien fermé? Est-ce que le facteur est passé? Est-ce que Jean-Marc a téléphoné? Est-ce que la fenêtre est ouverte? Est-ce que la chambre s'aère? Est-ce que tu crois que Noria va nous rembourser? Est-ce que tu crois que Léonore est bien équilibrée? Habillée comme ça comment tu me trouves? Et les chaussures? Celles-là ou celles-là? Ou alors celles-là? Regarde. Et de profil? De profil celles-là, et de face, celles-là? Tu ne

trouves pas? Est-ce que tu crois que Noria
va nous rembourser? Est-ce que tu crois
qu'on sera heureux? Est-ce que qu'on va
s'en sortir, tu crois? Et le téléphone? Et le
répondeur? Et la lumière du salon qui
marche une fois sur deux? Et le robinet de
la cuisine qui goutte. Depuis maintenant
des semaines. Depuis maintenant un mois.
Depuis maintenant deux mois. Depuis
maintenant trois mois. Depuis maintenant
quatre mois. Depuis bientôt cinq mois.
Est-ce que tu crois que Léonore est bien
équilibrée? Est-ce que tu crois qu'on va
s'en sortir? Est-ce que tu crois qu'on vivra
toujours à Montpellier? Est-ce que tu crois
qu'on mourra à Montpellier? Est-ce qu'on
déménagera? Est-ce que Léonore nous
quittera? À quel âge? Qu'est-ce que ça
nous fera? Quand on se retrouvera tous les
deux, est-ce que tu crois qu'on sera heureux, quand on sera vieux? Comment tu
crois qu'on sera?

Good, good, good vibrations. Claude a
rêvé cette nuit good bye, good vibrations,
et il pleurait. Au revoir bonnes vibrations,

ça déclenchait des sanglots. Toutes les choses enfuies, good bye.

L'impression d'avoir échappé au déséquilibre. Déjà ça. Déjà pas mal.

Maintenir quelqu'un, l'attraper. Toujours pareil.

Je ne rigole plus.

Puis soudain s'en allait comme un oiseau qui passe.

Est-ce que tu crois que ça va aller?

Ma fille, ma petite fille, ma petite chérie, mon trésor, mon amour, mon or. Adorée, adorée. Ou mon amour, mon petit garçon, mon fils, ma petite bite en or.

Tu trouves que le texte est bien équilibré? Est-ce que tu crois que c'est bien comme ça?

Cinq minutes de pause.

Et une minute de silence.

Vous avez tendance à partir dans des duos qui n'en finissent plus, et à la fin, il n'y a plus de rythme.

Contrôlez un peu.

On a dit qu'on n'agressait pas le public. On l'a dit ça? On l'a assez répété.

Je flotte un peu.

On est entre nous, on se sent protégés, et vous, vous êtes entre nous aussi maintenant. Ça devrait aller normalement.

Ce qui me manque, c'est ma fille.

Relativise.

Normalement, je devrais faire des remerciements, pour toutes les phrases pas écrites moi-même. Je t'avoue que ça m'emmerde.

On va redémarrer du début, reprendre à zéro. Allez, nettoyez. Normalement on nettoie. C'est bon de reprendre le titre, comme ça, tu vois, à un endroit du texte, n'importe lequel. Le public, ça lui fait un repère et du coup ça l'aide. Faut que vous pensiez à nettoyer. Régulièrement. De temps en temps. Et on redémarre du début. Allez-y.

J'ai eu des problèmes de viol, oui. Un viol.

C'était une blague. Elle est bonne, hein celle-là ?

Je t'avoue que ça m'emmerde. Mais bon d'accord. René Belleto, Beckett, je ne dis que ces deux-là. Le code de la propriété littéraire. Cette espèce de dictature, de rendre à Beckett tout ce qui est à Beckett. Cette espèce de dictature du prolétariat des lettres. Cette espèce de dictature du prolétariat. Du Lumpenprolétariat. Lumpen prolétariat. Lumpen. Lumpen. Est-ce que tu m'as acheté des œufs? À propos. À propos de quoi? Lumpen. Lumpen, œufs de lump, œufs, est-ce qu'il m'a acheté des œufs, tout d'un coup je pense. Des œufs de poule qui étaient des poussins au départ. Qu'il aurait fallu nourrir pour les empêcher de mourir. Est-ce que tu crois qu'on sera heureux quand on sera vieux? Et si Léonore va vivre à Paris, est-ce que tu crois qu'on la suivra? Ou est-ce que tu crois qu'elle voudra pas? Qu'elle n'en aura pas envie? Qu'on la collera?

La joie de rencontrer quelqu'un d'autre se transforme.

J'essaye de comprendre.

Dans le sol, dans le sol, dans le sol.

Talons, talons, talons.

Tu peux monter la tête en même temps.

Défiant les lois.

Pourquoi tu t'en vas sur les deux jambes ouvertes?

Dans le sol, dans le sol.

De la pesanteur bien sûr, les lois de la pesanteur. Défiant les lois. La pesanteur de ses coups, de son bras, la faire sentir. Un bon coup. Un bon petit coup. Envie de frapper. Là, j'ai envie de frapper. S'ils continuent comme ça ces deux-là, à se foutre de moi, je leur renverse mon café brûlant sur la tête. Je leur balance brûlante ma tasse. Je m'en fiche. J'ai aveuglé une personne quand j'étais petit.

Arrêtez, arrêtons, on arrête.

En écho : Ma petite... ma petite... adorée, adorée... C'était des jours chauds.

Très clairs. Très très clairs.

Les oiseaux chantaient.

Oui, bien.

Ah! la la, j'ai peur pour toi.

J'ai envie qu'il se passe quelque chose. Est-ce que le téléphone est bien branché?

Vérifier. Bien appuyer sur la prise. En passant l'aspirateur, Fatma, parfois, sans le faire exprès, elle débranche d'un quart de poil, ça suffit à déconnecter. Vérifier. D'une manière générale, faut toujours, toujours, toujours, vérifier. C'est une sorte de principe de base, vérifier. Enfin, pour moi, hein... Je ne prétends pas à... la raison universelle. Je n'ai pas découvert la pierre philosophale. Enfin, pour moi, c'est une sorte de principe de base. Est-ce que le répondeur est bien branché? Vérifier. Est-ce que le gaz est bien fermé? Vérifier. Est-ce que le facteur est passé? Est-ce que Jean-Marc a téléphoné? Est-ce que tu m'as acheté des œufs? Est-ce que tu crois que Gibert est déjà ouvert? Est-ce que tu crois que j'ai le temps? À la poste est-ce qu'il y avait la queue? Est-ce que tu crois que Noria va nous rembourser? Est-ce que tu crois que Léonore est bien équilibrée? Est-ce que tu crois que mon livre va marcher? Qu'est-ce qu'ils vont dire? Est-ce que les journalistes vont l'aimer? Qu'est-ce que tu crois qu'ils vont dire? Comment tu crois qu'ils vont réagir? Est-ce que tu l'aimes toi? Beaucoup ou comme ça? Tu t'en fous. De toute façon, je sens très bien que tu t'en fous. Est-ce que tu l'aimes un peu? Est-ce que le téléphone est bien branché? Est-ce que le répondeur est bien branché? Vérifier. Est-ce que le gaz est bien fermé? Est-ce que le facteur est passé? Est-ce que Jean-Marc a téléphoné? Est-ce que la fenêtre est ouverte? Est-ce que la chambre s'aère? Est-ce que tu crois que Noria va nous rembourser? Est-ce que tu crois que Léonore est bien équilibrée? Habillée comme ça comment tu me trouves? Et les chaussures? Celles-là ou celles-là? Ou alors celles-là? Regarde. Et de profil? De profil celles-là, et de face, j'aurais tendance à dire celles-là? Tu ne trouves pas? Est-ce que tu crois que Noria va nous rembourser? Ça me préoccupe. Est-ce que tu crois qu'on sera heureux? Est-ce qu'on va s'en sortir, tu crois? Et le téléphone? Et le répondeur? Et la lumière du salon qui marche une fois sur deux? Et le robinet de la cuisine qui goutte. Depuis maintenant des semaines. Depuis maintenant un mois. Depuis maintenant deux mois. Depuis maintenant trois mois. Depuis maintenant quatre mois. Depuis bientôt cinq mois. Est-ce que tu crois que Léonore est bien équilibrée? Est-ce que tu crois qu'on va s'en sortir? Est-ce que tu crois qu'on vivra toujours à Montpellier? Est-ce que tu crois qu'on mourra à Montpellier? Est-ce qu'on déménagera? Est-ce que Léonore nous quittera? À quel âge? Qu'est-ce que ça nous fera? Quand on se retrouvera tous les deux, est-ce que tu crois qu'on sera heureux, quand on sera vieux? Comment tu crois qu'on sera? Dans un an. Deux ans. Trois ans, quatre ans, cinq ans, six ans, sept ans, huit ans, neuf ans, dix ans, onze, douze, treize, quatorze ans, quinze ans, seize, dix-sept, dix-huit, dix-neuf, vingt. Est-ce que tu te rappelles que tu disais...?

Toujours voler.

Non, rien. J'ai oublié. Ça va peut-être me revenir. Si ça ne revient pas, c'est que ce n'était pas si important que ça.

Est-ce que tu crois que c'est bien ce que je fais? Est-ce que tu crois que ça vaut la peine? Vraiment? Est-ce que tu es sûr? Ce que j'écris, toi, tu aimes? Mais tu aimes vraiment? C'est bien, mais ce n'est pas si bien que..., ben que Proust et Céline et Beckett et tout ça. Est-ce que tu crois que ça vaut la peine quand même? Je sais que c'est mieux que... enfin tu vois bien. Mais ce n'est pas si bien que ça. Je le sais. Je le sais.

Là, j'ai le cœur qui bat. Et je te jure que s'ils continuent comme ça, je peux me mettre à frapper. Je ne peux pas le supporter. Je ne sais pas ce que ça me fait. Je ne supporte pas qu'on se fiche de moi.

Oui, bien.

Le téléphone. Ce qu'il faudrait c'est avoir toujours prêt, sur soi, le téléphone de la police et des pompiers. Et d'un taxi prêt à venir tout de suite. Nous chercher. Où qu'on soit. Nous chercher. Pour nous emmener loin.

De toute façon, maintenant, c'est sûr, que je ne verrai pas tous les pays.

Est-ce qu'on peut faire l'amour avec la poule ?

Ma petite, petite, ma petite fille, ma fille, adorée, chérie, adorée amour.

Est-ce qu'on peut faire l'amour avec MA poule ? Ou alors, là, je ne sais pas, peut-être ne pas insister tant que ça sur le MA. Juste, comme ça, tu passes, est-ce qu'on peut faire l'amour avec ma poule ? Ceux qui captent, c'est bien, les autres, tant pis, ils capteront autre chose.

Mains froissées, ailes chiffonnées, la crasse que c'est un poulailler.

Est-ce que je peux faire l'amour avec ma poule, ma poule ?

Moi, oui moi. Avec ma poule, à moi ?

Avec ses ailes chiffonnées.

En mesurer toute la portée.

Peser ses mots.

C'est sûr que je ne verrai pas tous les pays. Maintenant, c'est sûr.

Cours, va-t'en. Vas-y. Pars. Cours. Vas-y. Dépêche-toi.

Moi, oui moi.

Maintenant c'est sûr, que je ne verrai pas tous les pays. C'est sûr.

Ses paroles, les choisir. Les choisir soigneusement.

Or. Léonore aime le lait onore.

Le 21 mars, c'est bien ça ?

Dépêche-toi. Cours. Vas-y. Cours, cours, cours, cours, cours. Cours, je te dis. Cours. Cours, oui, vas-y. Cours.

Ce n'est pas de la colère.

Entre ses mains froissées, un chiffon mouillé.

Moi, oui moi.

Maintenant c'est sûr.

Le pour et le contre.

Je ne sais pas comment viennent mes plus doux vers.

Ferme la porte mon poussin.

Comme tous les mongoliens, la fille de Maurice Compaing est laide. Il y aura des parents de mongoliens dans la salle. Mais on ne joue pas sur l'agression du public.

Les fleurs, les astres, les prés verts.

Des parents de mongoliens. S'en ficher. S'en foutre. S'en taper. S'en branler.

Je me branle très rarement. Pour une femme y a rien à branler. Enlevez, c'est pesé! C'est une affaire conclue. Un petit mouvement léger.

Joël! À quoi tu penses Joël? Est-ce que tu penses? Dans le sol.

Quel est le plus beau jour de la vie?

Je l'attendais ainsi qu'un rayon qu'on espère.

Se lever comme les poules comme on dit.

Participez. Il est tard maintenant.

Soyons un peu plus léger.

Reprenons, la tête un peu moins lasse, l'œuvre interrompue.

Comment peut-on vivre alors?

Comment en arrive-t-on là?

En écho : Ma petite... ma petite... adorée, adorée.

Tous les corps tombent.

Plus léger.

Je reprenais mon œuvre interrompue.
M'en fichais.

M'en fichais de tout ça.

Pensais seulement à : écrire.

Je ne rêve pas de François, ça m'obsède.

Tu rêves de Claude, toi?

Non.

Ça te paraît normal?

Gérer son petit monde. De poule. Ou
autre.

Léonore, or.

Nettoyer. Ranger. Cadrer.

Hélène. Chiffonnée.

Atmosphère pesante.

Je ne verrai pas tous les pays, maintenant c'est sûr. C'est dommage.

Les animaux, les poules. Et le poulailler
bien sûr, les poussins bien sûr, la vie
simple. Les poussins. Les nourrir, ne pas
les faire mourir. Quand on voit que c'est
devenu des poules. Et ça le satisfait. Ça.
Ça, ça le satisfait. Mon poussin, ferme la

porte. Ferme la porte, mon poussin. Ma biche!... tu fermes la porte!? Tu fermes la porte, s'il te plaît! Léonore, s'il te plaît, est-ce que tu peux fermer la porte? Qu'est-ce qu'il y a mais tu ne m'entendais pas? Où tu étais? À quoi tu penses? Tu me réponds s'il te plaît. Non maintenant c'est trop tard, j'y suis allée moi-même. Merci.

La mousse qu'on ramasse dans la forêt. La rapporter à la maison. La collectionner. Entre ses mains froissées. Dire, et le penser : je la garderai toute ma vie.

Mais non, ma petite, il faut la jeter. On ne peut pas tout garder. Tu le sais. Des choses, dans ta vie, tu en jetteras des milliers.

Quand j'avais dix ans, alors là, c'était une très, très belle année. Vraiment.

J'avais été première, et ma mère m'avait acheté une petite boîte en fer, de bonbons.

Écoutez ça : Ouvrez-moi, braves gens, laissez-moi vivre encore! J'ai vécu, je n'ai rien vu de la vie, ma vie est partie en charpie; on me l'a bue, ma vie, ouvrez-moi, que je recommence tout de zéro!...

C'est bien le 21 mars que le printemps commence?

On va redémarrer du début. Nettoyer tout. Vous avez tendance à partir dans des duos qui n'en finissent plus. Surtout toi Rita. Et, à la fin, on s'emmerde. On s'emmerde. Will it end? My God! Will it end? My God! Mais bon sang! C'est quand que ça va être fini?

Écoutez ça maintenant : Non, jamais, jamais encore je n'avais été le témoin d'un désespoir pareil.

Elle a été élevée dans un poulailler. On me l'a dit. Je le crois. Elle a des attitudes. Quand j'étais petite il y avait un poulailler, je détestais, elle a une façon de se tenir comme les poules. Tu sais, ces perchoirs en pente. Elle est pleine de stéréotypies. C'est vraiment dégueulasse un poulailler, ça pue, c'est sale, c'est sombre. Il n'y a pas de place, c'est bas.

Mais elle avait pris le pli dans son âge enfantin.

Avec sa main, elle fait le bec, la crête, du coq. L'adopter, penser l'adopter.

Bien sûr que ça vole les poules, mais ça vole bas.

Je me lève tôt.

Tous ses mouvements sont lents, d'une lenteur...

Hélène, je vous en prie.

C'est bien de regarder et d'écouter, mais si on ne participe pas, à quoi ça sert?

J'aime regarder les gens.

Je ne sais pas si je me sens bien avec tout ce monde de la culture, entre parenthèses.

J'étais morne au milieu du bal le plus joyeux.

Tu vois, parfois je me dis, que je suis complètement névrosée.

En plus maintenant c'est sûr, je ne verrai pas tous les pays. C'est dommage. De mourir.

Le suicide est gravé dans sa tête, il se dit « se supprimer aussi ça peut être bien ».

Tu pourrais recommencer? Mais pas une poule, un oiseau plutôt.

Ce qui me manque, c'est...

Dommage de mourir.

C'était une blague. Elle est bonne hein celle-là?

C'est dommage, avec toutes ces plaisanteries qu'on aurait pu continuer de faire, et tous ces pays qu'on aurait pu voir.

J'ai envie qu'il se passe quelque chose.

Là, j'ai envie de crier. Là, j'ai envie de crier. J'ai envie de crier, là. Là. Là, j'ai envie de crier. J'ai- en-vie- de- cri-er. De cri-er. Là, j'aurais envie de crier. Là, tu vois. Cri-er. J'ai aveuglé une personne. Comment? En mettant mes doigts dedans? Dans ses yeux? Oui. Tu pourrais recommencer? Oui. Là, tu vois, j'ai envie de crier. Mais bon.

Tu pourrais recommencer? C'est musical.

Là, j'ai envie de crier. Là, j'ai envie de crier. J'ai envie de crier, là. Là. Là, j'ai envie de crier. J'ai- en-vie- de- cri-er. De cri-er. Là, j'aurais envie de crier. Là, tu vois. Cri-er. J'ai aveuglé une personne. Comment? En mettant mes doigts dedans? Dans ses yeux? Oui. Tu pourrais recommencer? Oui. Là, tu vois, j'ai envie de crier. Mais bon. Tu pourrais recommencer? Là, j'ai envie de crier. Là, j'ai envie de crier. Crier. Là, là, tu vois, là, j'ai envie de crier. Là, tu vois. Là. Maintenant. Comment? Maintenant. Là, tu vois. Crier.

Cri-er. Crier, là, tu vois. J'ai- en-vie- de-cri-er. De cri-er. Là, j'aurais envie de crier. Là, tu vois. Cri-er. J'ai- en-vie- de- cri-er. De cri-er. Là, j'aurais envie de crier. Là, tu vois. Cri-er. Oui. Là, tu vois, j'ai envie de crier. Mais bon. Tu pourrais recommencer? Là, j'ai envie de crier. Là, j'ai envie de crier. Crier. Là, là, tu vois, là, j'ai envie de crier. Là, tu vois. Là. Maintenant. Comment? Maintenant. Là, tu vois. Crier. Cri-er. Crier, là, tu vois. J'ai- en-vie- de-cri-er. De cri-er. Là, j'aurais envie de crier. Là, tu vois. Cri-er. J'ai- en-vie- de- cri-er. De cri-er. Là, j'aurais envie de crier. Là, tu vois. Cri-er. Oui. Là, tu vois, j'ai envie de crier.

Tu pourrais recommencer?

Tu pourrais recommencer, mais pas une poule, un oiseau plutôt.

Tu pourrais recommencer?

Tu as rêvé de quoi cette nuit?

Ça te paraît normal?

Tu pourrais recommencer?

La mousse, si on allait en prendre dans la forêt. La rapporter à la maison. La garder. Toute la vie. Tu pourrais recommencer? Là, j'ai envie de crier. Quand j'avais dix-sept ans c'était une très belle année. Là, j'ai envie de crier. Tu pourrais recommencer? J'aime bien ça. C'est musical. Ça se prête bien à la danse. Là, j'ai envie de crier. Tu pourrais recommencer? Est-ce qu'on pourrait le mettre en boucle? Tu pourrais recommencer? C'est musical. Là, j'ai envie de crier. Là, j'ai envie de crier. J'ai envie de crier, là. Là. Là, j'ai envie de crier. J'ai- en-vie- de- cri-er. De cri-er. Là, j'aurais envie de crier. Là, tu vois. Cri-er. J'ai aveuglé une personne. Comment? En mettant mes doigts dedans. Dans ses yeux? Oui. Tu pourrais recommencer? Oui. Là, tu vois, j'ai envie de crier. Mais bon.

Ma fille, ma petite fille, ma petite chérie, mon trésor, mon amour, mon or. Adorée, adorée. Elles sont équilibrées, ces petites, je suis contente. Tu ne peux pas savoir comme je suis contente. Le père Noël qui s'était trompé. En déballant le carton, déception. Une poule qui a trouvé un couteau. Comme une poule. Dodeline. Dans le poulailler. C'est dégueulasse un poulailler.

Tu ne peux pas t'imaginer. Mais bon. J'ai quand même envie de crier. Tu ne peux pas t'imaginer. J'ai envie de crier. Là, là. Là, j'ai envie de crier. Là. J'ai envie de crier, là. Là. Là, j'ai envie de crier. J'ai- en-vie- de- cri-er. De cri-er. Là, j'aurais envie de crier. Là, tu vois. Cri-er. Oui. Là, tu vois. Là, tu vois, j'ai envie de crier. Mais bon. J'ai envie de crier. Mais bon, je suis contente, elles sont équilibrées, ces petites. Qu'est-ce que toi, tu as rêvé cette nuit? Mais je suis contente elles sont équilibrées ces petites. Mais j'ai envie de crier. J'ai envie de crier. Là, là. Là, j'ai envie de crier. Là. J'ai envie de crier, là. Là. Là, j'ai envie de crier. J'ai- en-vie- de- cri-er. De cri-er. Là, j'aurais envie de crier. Là, tu vois. Cri-er. Oui. Là, tu vois. Là, tu vois, j'ai envie de crier. On ne sait jamais. Ça peut toujours servir. Mais bon, la peur de ne pas être entendu.

Moi-même j'avais quelque chose à dire. Et maintenant, j'ai envie de rentrer. C'est bon aussi de rentrer chez soi, de se mettre bien au chaud dans son petit lit. Avec mon réveil auprès de moi, qui sonnera demain.

Même si je rallume la lumière une bonne quinzaine de fois, pour vérifier que la sonnerie est bien enclenchée. Et je me relève aussi pour vérifier que j'ai bien fermé la porte à clé. Et je me relève pour vérifier que je l'ai bien fermée à double tour et pas seulement un tour. Et je me rerelève pour bien joindre les doubles rideaux de ma chambre, les joindre le mieux possible. Pour vérifier que, demain matin, le jour, il y en aura le moins possible, qui entrera. Que je pourrai profiter le plus longtemps possible du sommeil. Que j'aurai un réveil entièrement naturel. Et je me rerelève, pour aller faire un dernier pipi, pour ne pas être réveillée en pleine nuit par une envie. Qui m'empêcherait d'avoir un sommeil continu, profond, calme. Je me recouche. Mais je rallume pour vérifier que le réveil est bien enclenché. J'éteins. Et je rallume, ce serait plus sûr d'appeler le réveil automatique peut-être. Je regarde le mode d'emploi dans l'annuaire, ça me réveille. De faire tous ces gestes. De tourner les pages, de comprendre. Je le fais quand même. Et je me recouche. J'essaye de m'endormir. Je rallume, je me relève. Je vais prendre un crayon et un papier, pour les poser sur la table de nuit, à côté de mon réveil. Pour le cas où j'aurais des idées dans la nuit qui me viendraient. Ça m'évitera de me relever pour aller chercher un papier un crayon en pleine nuit. Au moment où je serai complètement endormie. Ou trop fatiguée, et alors je renoncerai, je ne noterai pas mon idée, parce que ce serait trop compliqué, le papier et le crayon seraient trop loin. Je les pose sur la table de nuit, à côté de mon réveil, comme ça, je n'aurai qu'à tendre le bras. J'éteins. Et je me recouche. S'endormir déjà. Mais je rallume et je me relève, j'ai oublié de me brosser les dents. À moins que je ne le fasse pas ce soir exceptionnellement? Si, il faut le faire tous les soirs. Je me recouche et je me relève, mais une dernière fois, pour aller embrasser ma fille, qui dort, une dernière fois, de l'autre côté du mur. Je la réveille et elle hurle. Elle se rendort. Je ferme la porte de sa chambre. Je vais faire un dernier pipi. Je vérifie que la sonnerie est bien enclenchée. J'éteins, je me recouche. Mais je me relève pour aller caresser la porte de sa chambre. Et je me recouche.

Table

Christine Angot
dans Le Livre de Poche

Quitter la ville n° 15280

« Cette fois, j'espère qu'on ne va pas me faire changer les noms,
je ne dis rien de mal, je ne dis que la vérité, ce que je sais, ce qui est
vrai. Et tellement sur tellement de gens, qui pourraient m'accuser,
me porter au tribunal, à moins d'un regroupement, improbable, à
moins d'une communauté, lâchons le mot, inavouable. Pas dans le
sens de référence, mais le sens : vous ne devriez pas l'avouer que
vous êtes une communauté de lâches. »

L'Inceste n° 15116

« Christine Angot va gagner. Parce qu'elle ne risque pas de
plaire. Elle va trop vite, trop fort, trop loin, elle bouscule les formes,
les cadres, les codes, elle en demande trop au lecteur. Elle vient
d'avoir quarante ans, elle écrit depuis quinze ans et, en huit livres
(depuis 1990, car elle a mis quatre ans à faire publier son premier
roman), elle a enjambé la niaiserie fin de siècle. Elle n'est pas
humaniste, elle a fait exposer le réalisme, la pseudo-littérature
consensuelle, provocante ou faussement étrange, pour poser la seule
question, la plus dérangeante : quel est le rapport d'un écrivain à la
réalité ? »

Du même auteur

Vu du ciel, roman, L'Arpenteur-Gallimard, 1990 ; Folio, 2000.

Not to be, roman, L'Arpenteur-Gallimard, 1991 ; Folio, 2000.

Léonore, toujours, roman, L'Arpenteur-Gallimard, 1994 ; Fayard, 1997, nouvelle édition ; Pocket, 2001.

Interview, roman, Fayard, 1995 ; Pocket, 1997.

Les autres, roman, Fayard, 1997 ; Stock 2001, nouvelle édition ; Pocket, 2000.

L'usage de la vie, théâtre, Fayard, 1998 ; Mille et une nuits, 1999.

Sujet Angot, roman, Fayard, 1998 ; Pocket, 1999.

L'inceste, roman, Stock, 1999 ; Le Livre de Poche, 2001.

Quitter la ville, roman, Stock, 2000 ; Le Livre de Poche, 2002.

Pourquoi le Brésil ?, roman, Stock, 2002.

Peau d'Âne, récit, Stock, 2003.

Composition réalisée par EURONUMÉRIQUE

IMPRIMÉ EN ESPAGNE PAR LIBERDUPLEX
BARCELONE
Dépôt légal éditeur : 38926-10/2003
Librairie Générale Française - 43, quai de Grenelle - 75015 Paris
ISBN : 2-253-15558-6